소년 **독립군**과 **한글**학교

소년 독립군과 한글 학교

청소년 성장소설 십대들의 힐링캠프, 독립운동

[십대들의 힐링캠프®] 시리즈 NO.46

지은이 | 이마리
발행인 | 김경아

2022년 6월 3일 1판 1쇄 인쇄
2022년 6월 10일 1판 1쇄 발행

이 책을 만든 사람들
책임 기획 | 김경아
기획 | 김효정
북 디자인 | KHJ북디자인
표지 삽화 | 송진욱
교정 교열 | 주경숙
경영 지원 | 홍종남

이 책을 함께 만든 사람들
종이 | 제이피씨 정동수 · 정충엽
제작 및 인쇄 | 천일문화사 유재상

청소년 기획위원
정가인, 양태훈, 양재욱

펴낸곳 | 행복한나무
출판등록 | 2007년 3월 7일. 제 2007-5호
주소 | 경기도 남양주시 도농로 34, 301동 301호(다산동, 플루리움)
전화 | 02) 322-3856 팩스 | 02) 322-3857
홈페이지 | www.ihappytree.com
도서 문의(출판사 e-mail) | e21chope@daum.net
내용 문의(지은이 e-mail) | leemalhya.yahoo@gmail.com
※ 이 책을 읽다가 궁금한 점이 있을 때는 지은이 e-mail을 이용해 주세요.

ⓒ 이마리, 2022
ISBN 979-11-88758-47-0
"행복한나무" 도서번호 : 148

이마리 지음

나라를 찾으려면...

소년 독립군과 한글학교

행복한
나무

"독일 알프스의 최고봉 추쿠스피체에 떠내려온 시체 한 구.
동양인의 서체로 추정됨. 지구온난화로 빙산이 녹으며 나타난 현상.
냉동인간의 보존과 지구온난화 문제로 전 세계적인 관심 집중."

2022년 1월 7일, 《노이에스 도이칠란트 Neuse Deutschland》, 3면 사회기사 중

다카우의 유령

뮌헨 다카우 수용소에서 50킬로미터쯤 떨어진 숲속에선 문학캠프가 한창이다. 올여름에도 '푸른 숲 글쓰기 특강'을 즐기는 젊음의 열기가 뜨겁다. 작가 지망생인 나는 낮에는 열심히 글쓰기 수업을 하고, 밤에는 늦도록 작품 구상에 빠지곤 했다.

문학캠프가 끝나기 하루 전날, 결코 잊을 수 없는 일이 일어났다. 그날 이후 나는 한스 할아버지의 일생을 써보고 싶다는 영감에 사로잡혔다. 그것은 뭔가가 끌어당기는 자일러 가문의 운명적인 연결이었을지도 모른다. '한스 주니어'라는 내 이름조차 '한스 할아버지'의 생애를 쓰기 위해 연결된 고리인 것만 같았다.

반나치범이었던 한스 할아버지는 우리 집안의 자랑이었다. 거실 한

가운데에는 세상을 빨아들일 듯 강렬한 눈동자를 가진 할아버지의 초상이 항상 우리를 내려다보고 있었다. 그 아래에 발랄한 미소의 독일 소년과 철학적인 얼굴의 앳된 동양 청년이 어깨동무를 하고 찍은 사진이 하나 있었는데, 빛바랜 그 사진 속에는 '한스와 미루'라는 글자가 새겨져 있었다. 그 동그란 안경 속 미루의 간절한 눈빛이 내 가슴에 와 박혔다.

'총명하면서도 우수에 젖은, 신비스러운 그 눈빛이 무얼 말하는 걸까? 그 수수께끼를 꼭 풀고 말 거다.'

집에 가면 다락방을 샅샅이 훑어봐야겠다. 어쩌면 소설의 단서가 될 기막힌 소재를 건질 수 있을지도 모른다. 이 글을 쓰는 지금도 머릿속에서 다락방을 몇 번이나 넘나들었는지.

어느새 저녁 산책 시간이었다. 그날은 왠지 혼자 걷고 싶어서 문학 동아리 친구들이나 여친 리나와도 동행하지 않았다. 달빛이 없는 밤길은 유난히 어두웠다. 반짝이는 개똥벌레를 친구삼아 캠프장 뒷길을 따라 걸었다. 멀리 다카우 수용소가 그림자 연극의 모형처럼 시커멓게 떠있었다.

그때 뭔가 희부연 덩어리가 걷는 듯 나는 듯 다가왔다. 섬뜩했다. 달아나려는 찰라 "한스 주니어야~"라고 부르는 소리가 들렸다. 나는 허겁지겁 뒷걸음질을 쳤다. 아, 어느새 다카우 수용소 철창문이 내려다보이는 벼랑 끝이다. 더 물러설 곳이 없다. 친구들이 가지 말라던 그 '유령의 계곡'이었다.

"한~스~ 주니어야~!"

이번에는 더 낮고 길게 울렸다. 이제는 젤리처럼 보이는 부연 덩어리가 둥둥 떠서 다가왔다. 너무 떨려 도망갈 수조차 없다. 발이 바닥에 달라붙었다. '어, 그런데 저 모습은?' 간절히 원하면 이루어진다더니! 작품 구상을 하며 그려보던 할아버지일지도 모른다. 꿈속에서라도 보기를 얼마나 원했던가.

"혹시 한스 할아버지?"
"그래, 나다."

나는 다급했다. 얼른 말하고 싶어서 허둥댔다.

"아, 하, 할아버지 이야기를 쓰려고 하는데요."
"오, 한스 주니어! 사실은 내가 살아생전에 못다 이룬 일이 괴로워 항상 이곳을 맴돌고 있었거든. 이제 우리 손자가 내 한을 풀어주겠구나."
"할아버지!"

"네 집 다락방 어딘가에 내 어릴 적 일기가 있어. 거기에 비밀이…."

"제가 할 수 있을지 모르겠어요. 전…."

말을 마치기도 전에 유령이 서서히 멀어졌다.

"할아버지!"

"애야, 난 바쁘단다. 지금 수용소 동기들 유령 모임에 가야만 해. 시간을 어기면 벌을 받지. 평생 지상을 떠돌아야 하는 벌이라서 늦으면 안 된다."

아스라하던 소리가 완전히 멀어졌다. 눈을 비벼봐도 이제 아무것도 보이지 않았다. 그때 뭔가가 발등으로 툭 튀어 올랐다. 깜짝 놀라 후드득 발을 털었다. "찌르르 찌르르" 무덤에서 사는 송장메뚜기가 틀림없다. 그 소리가 점점 커지더니 검은 숲을 울렸다. 귀를 막은 채 불빛을 향해 달리기 시작했다. 온몸이 땀범벅이다. 숲을 빠져나올 무렵 산책을 끝내고 돌아가는 친구들이 보였다. 그들 누구도 유령을 보았다는 내 말을 믿지 않았다.

문학캠프가 끝난 후 여름 내내 나는 다락방에서 살다시피 했다. 해변으로 가자고 유혹하는 여름은 친구들의 몫으로 남겨둔 채 노염(여름이 다 끝나가는데도 가시지 않는 더위)과 씨름하면서 말이다. 여친 리나마저자주 만나지 못했다. 먼지 쌓인 사진첩과 곰팡내 나는 자료 속에서 한스와 미루를 찾아 비밀의 바닷속을 헤맸다.

불타던 여름이 시들고, 소슬바람이 가을을 몰고 왔다. 일기 속 비밀 조각들을 빨랫줄에 널어 따가운 가을볕에 거풍시켰다. 보송하게 마른 조각들이 보리수 열매처럼 영글어갈 때 무명작가 한스 주니어의 첫 소설이 세상에 얼굴을 내밀었다.

차례

등장인물 소개

한스 유령　　문학캠프가 열리는 숲 뒤편에 있는 '유령의 계곡'에 나타났다가 우연히 손자인 한스 주니어를 만난다.

한스 주니어　정열적인 문학 지망생. 한스 유령과 만난 후 반나치범이었던 한스 할아버지의 생애를 소설로 쓰게 된다.

한스　　　　어려서 히틀러유겐트로 활동하던 소년. 성장통을 겪으며 반나치범으로 전향한다.

안네　　　　한스와의 사랑을 이루지 못한 채 나치 정권의 희생양이 된 유태인 소녀.

미루　　　　3.1 거사 후 일본경찰에 쫓겨 상해로 갔다가 독일로 망명한 한국인 유학생. 한국의 아름다움과 순수함을 글로 발표해 독일인 흠모의 대상이 된다.

미루 어머니　아들인 미루가 용감한 애국자가 되길 바라며, 배움의 길을 걷도록 독일로 떠나보내는 강인한 한국 여인.

미아　　　　미루 교수를 사랑하게 되고, 도움을 주는 헌신적인 독일 여성.

미나토	미루의 어릴 적 친구로 한국 이름은 '용술'이다. 평생 미루를 추격하는 친일파.
자일러 교수	한스의 아버지. 미루를 친자식처럼 여기는 뮌헨 대학의 교수.
마리아	자일러 교수의 부인이자 한스의 어머니.
후버 총장	뮌헨 대학 총장. 반나치의 선봉인 인도주의자로 미루의 사상과 일맥상통해 도움을 준다.
현우	미루와 함께 한독단(한글독립단)으로 활동하다가 만주 무관학교에 진학한다.
이 선배	한독단 대장. 3.1 거사 후 독일에서 유학하며 적극적으로 항일활동을 한다.
김법린	승려 출신의 독립운동가. 프랑스 유학 중 미루, 이 선배와 함께 피압박 민족대회에 참석한다.
김철주	한독단 선배. 관동대지진 때 아들을 남겨둔 채 죽임을 당한다.

1
수상한 한스

"쾅쾅쾅!"

나무 문이 금방이라도 부서질 듯 덜컹거렸다. 잠 못 들며 몸을 뒤척이던 미루는 쏜살같이 현관문으로 달려갔다.

'아직 한스가 오지 않았었지.'

문고리를 잡고 잠시 문밖으로 귀를 기울였다.

"저예요, 저. 한스요."

천식이 있어 가끔 걸걸거리는 한스의 다급한 목소리가 분명했다. 게슈타포(독일의 비밀경찰)가 아님을 확인한 미루는 문을 열었다. 미루의 가슴에 쓰러지듯 안긴 한스는 놀란 듯 거친 숨을 몰아쉬었다. 미루는 한 번 더 밖을 살펴보았다. 밖은 어둠 속에 잠겨있었다. 미루는 한스의 어깨를 싸안은 채 이층계단을 조심스레 밟았다.

"쉿, 네 아빠가 깨시면 일이 시끄러워질 거다."

미루는 한스의 아빠인 자일러 교수의 방을 지나다 잠깐 멈췄다. 시큼한 유화물감 냄새가 여전히 복도를 떠도는데도 코 고는 소리가 우렁차다. 미루가 한스의 귀에 속삭였다.

"흐흐, 예술가는 코 고는 소리까지 예술이네. 늦게까지 그림을 그리시더니 고단하셨나 보다."

한스는 방에 도착하자마자 큰 숨을 내쉬었다.

"미루 형, 오늘 늦은 건 우리끼리만 아는 비밀이에요."
"그냥은 안 되겠는데."

미루는 눈을 찡긋거리며 도리질을 했다.

"형, 정말 이럴 거예요?"

한스가 권투 포즈를 취하자 미루가 두 팔을 들어 항복했다.

"오케이! 네가 밤에 외출하는 건 나밖에 모르잖니. 네가 안 들어오니 잠이 와야지."
"형, 미안해요."
"괜찮고요. 무슨 일이 있었던 모양이구나."

한스는 아직 흥분된 목소리다.

"너 기다리다가 덕분에 나도 행사에 쓸 한글문서 초안을 작성했어."
"무슨 행사예요? 중요한 행사인가 봐!"
"아, 아직은 비밀."
"쳇, 형은 항상 비밀이 많아."

미루도 다 말해줄 수 없는 게 미안했다. 그러나 지금이야말로 중요한 순간이다. 일본의 속국이 된 한국을 생각하면 한시도 마음 편할 날이 없다. 곧 독일 소년 한스에게도 이 문서의 비밀을 알려줄 날이 올 거다.
오늘따라 '형'이라는 한국말이 미루의 가슴에 촉촉이 스며든다. 외동아들이었던 미루에겐 동생이 없었다. 형이라는 소리 한 번 들어보는 게 소원이었다. 3.1 거사 후 머나먼 독일로 도망쳐 와 덩치 큰 게르만족 사이에서 자일러 교수 가족을 만났다. 교수의 아들인 한스는 미루를 '형'이라고 부르며 따랐다. 미루도 한스를 동생처럼 좋아했다.

한스는 커튼 뒤로 몸을 숨긴 채 창밖을 응시했다. 아직 흥분이 가라앉지 않은 거친 숨결에 안쪽의 얇은 커튼이 흔들렸다. 미루는 한스의 시커먼 실루엣을 보며 몸을 떨었다. 뭔지 모를 막연한 두려움이 엄습했다.

지금 방안은 암흑이다. 밤이면 불을 일찍 꺼야만 한다. 개미허리만큼의 빛이라도 새어 나가면 게슈타포의 표적이 된다. 요즘 들어 게슈타포는 더 눈독을 들였다. 밤이고 낮이고 아무 집에나 들이닥쳤다. 유대인이나 불순분자, 집시 등 나치스에 반항하는 사람들은 쥐도 새도 모르게 잡혀갔다. 미루는 한스 옆으로 가만히 다가갔다.

"왜 이렇게 늦었니?"

한스는 뭔가를 회상하듯 몸을 떨었다. 말을 하려다 주춤거렸다. 미루를 형처럼 믿고 따르더니 오늘은 말 못 할 비밀이라도 생긴 것일까. 미루는 눈을 지그시 감았다.

"괜찮아. 그럼 그만 자렴."

미루가 일어서서 막 방을 나오는 순간이었다.

"미루 형, 사실은 이자르강변 공원에서 모임이 있었어요."
"이런 야밤에?"

미루는 소리를 높였다. 이번에는 한스가 미루를 달랬다.

"쉿, 소리 낮춰요. 우리 아버지에게는 비밀인 거 알죠? 그 모임은 어마어마했어요. 나무 뒤에 숨어서 보다가 나도 모르게 그들 속에 끌려 들어 갔어요. 그들에게선 감히 바라볼 수 없을 만큼 강렬하고 숭고한 빛이 품어져 나왔어요. 그러더니…."

한스는 신이라도 만나고 온 듯 흥분했다. 미루는 가만히 한스의 어깨를 안았다.

"그랬구나. 뭔지 모르겠지만 지금은 너무 늦었어. 오늘은 자고 내일 이야기하자."

순간 한스의 까슬까슬한 턱수염이 미루의 볼을 찔렀다. 미루는 깜짝 놀랐다. 바윗돌처럼 단단한 한스의 어깨 근육이 불끈거렸다. 앗, 한스는 이제 어린 소년이 아니었다. 부모에게 비밀을 갖고 싶은 나이가 된 거다. 한스는 아직 거친 숨을 몰아쉬고 있었다. 그 숨소리가 미루의 마음을 흔들었다.

'한스도 3.1 거사 후 도망치던 나처럼 누군가에게 쫓긴 걸까? 아니면 누군가를 쫓아 달렸던 걸까?'

자기 방으로 돌아온 미루는 한스처럼 커튼 뒤로 갔다. 그곳에 숨어선 채 이자르강을 내려다보았다. 뮌헨 시내를 달리는 그 강은 죽음처럼 고요했다. 달빛을 받은 강물이 차가운 빛을 허공에 토해내고, 강변길은 그 빛을 흡입하며 표류했다. 그 길을 눈으로 좇던 미루는 어질어질 멀미가 났다.

미루는 어느새 경성에서의 3.1 거사 속을 달리고 있었다. '대한독립만세'라는 함성에 싸여 힘껏 팔을 치켜올렸다. 일본순사에게 쫓겨 경성에서 해주로, 그리고 상해로 가는 길이다. 압록강에서 올라탄 나룻배에서는 비릿한 물 냄새가 진동했다. 부서지는 물살이 차르르 볼에 튀었다. 노를 젓는 사공은 그때의 그 흰 턱수염 영감이다. 미루는 그에게 말한다.

"이번에는 고국으로 돌아가는 길입니다. 이 강만 건너면 내 고향 해주예요."

물살이 미루의 귀향을 환영하듯 작은 율동을 한다. 처음 상해로 갈 때처럼 사공은 "어서 오시오"라고 말하지 않는다. 압록강변의 꾸르륵거리는 새소리만 미루를 반긴다. 이제 강을 건너 오솔길로 들어섰다.

고향인 해주로 내려가는 길은 멀고 고독하다. 수양산 자락을 따라 푸른 골짜기로 유영하는 해맑은 물길, 그 길을 따라가다 밤이 새었다. 개울을 지나 언덕에 서니 하늘과 맞닿은 해주의 마을이 한눈에 내려다 뵌다. 어디선가 친구들과 함께 부르던 노랫가락이 들려온다. 꾸르륵거리는 새가 새벽을 알리며 날개를 털어댄다. 그 아랫길로 마중 나온 어머니의 모습이 보인다. 너무 반가워 소리쳐 불렀다.

"어머니! 저예요, 저. 미루가 돌아왔어요!"

어머니는 수척한 모습으로 말없이 고개를 떨어뜨렸다. 손을 내밀어도 잡히지 않고 점점 멀어졌다. 부옇고 진한 새벽안개가 밀려왔다. 꿈속에서나마 고향을 찾아갔건만 아무도 반기지 않는다. 이제 귀환의 꿈을 지우는 것이 작별보다 더 힘들다. 어머니를 홀로 둔 채 너는 왜 여기에 있지? 빼앗긴 조국을 위해 아무것도 할 수 없다는 게 슬퍼 목이 메었다.

'아, 보고 싶다. 내 부모, 내 조국이여!'

"어머니…"라고 가만히 불러본다. 가슴이 미어진다. 다시 이불을 뒤집어쓴다. 조선을 떠나 도망칠 때 주셨던 양복이 지금도 옷장에 있다. 시계의 재깍거리는 소리가 갑자기 커진다. 양복과 함께 주셨던 은 회중시계다. 어둠 속을 더듬어 머리맡의 시계를 꼭 쥐어본다.

커튼 자락이 차가운 강바람에 흔들린다. 미루는 퍼뜩 정신이 들었다. 새들마저 몸을 숨긴 뮌헨의 밤, 그곳을 흐르는 이자르강마저 잠든 깊고 푸른 밤 그대로다. 벽을 타고 넘어오는 한스의 규칙적인 숨소리와 가끔씩 흐느끼는 소리가 들린다. 미루는 가슴이 싸해진다. 무엇이 어린 한스를 저리 괴롭히는 걸까?

'오늘 저 아이는 누군가에게 혼을 도둑맞은 것처럼 허둥대고 있었어.'

저녁마다 "형의 나라 코리아 이야기를 들려줄 시간이에요"라고 조르던 독일 소년이 말이다. 어느새 흘러내린 눈물이 미루의 베갯잇을 적신다. 내일 한스에게 그의 어릴 적 이야기를 들려주리라.

2
소년 미루

그해 조선의 유난히도 긴 노염은 사람들을 지치게 했다. 가뭄으로 농작물까지 모조리 타들어 가자 어른들은 모이기만 하면 한숨을 쉬어 댔다. 엎친 데 덮친 격으로 일본군이 조선의 왕궁을 장악하기에 이르렀다.

어느 날 미루는 어머니를 따라 경성에 갔었다. 남문을 지나다 우연히 벽에 붙은 고시문을 읽게 되었다.

"5백 년 왕조가 사라지는 아픔을 제국의 여러분께 알림에….”

어린 미루의 코끝이 맹해졌다. 그러다 글 아래쪽에 찍힌 임금님의 큼직한 옥새를 보자마자 크게 외쳤다.

"와, 진짜 임금님 글이에요!"

글을 못 읽는 어른들이 정말이냐며 웅성거렸다. 미루가 다시 고시 문을 읽어주자 사람들이 자꾸 모여들었다. 그때 어머니가 미루의 손을 잡았다.

"이제 가자! 네 할 일은 했으니."

사람들이 아쉬운 듯 미루를 바라보았다. 어머니는 국문을 곧잘 읽어 내려가는 미루가 내심 든든했다. 힘들어도 미루에게 국문을 가르친 보 람이 있다 싶었다. 미루는 힘없이 고개 숙인 임금님의 모습이 눈앞에 어른거리는 것만 같았다. 가슴이 아렸다. 그 공고문이 미루가 본 임금 님의 처음이자 마지막 글이 될 줄이야. 누군가가 외쳤다.

"에고, 저기 끌려가는 게 왕궁 호위병들인가 봐!"

사람들이 웅성거리며 가리키는 쪽을 돌아보았다. 궁궐 쪽에서 날카 로운 호령 소리가 신작로를 타고 울려 퍼졌다.

"신식군이다!"

사람들은 귀신처럼 출몰하여 그들을 괴롭히는 일본군을 '신식군'이라고 불렀다. 미루는 신식군이라는 말만 들었던 터라 조선군과 어떻게 다른지 궁금했다. 용술 형이 말해주던 신식군이다.

'용술 형이 있었으면 엄청나게 신났을 텐데.'

미루는 슬그머니 어머니 손을 놓았다.

'나도 이제 다 컸는데 뭘.'

용술 형처럼 빨리 어른이 되면 좋겠다. 어른들처럼 뒷짐을 진 채 신작로를 바라보았다. 신식군은 차양이 빳빳한 모자와 비까번쩍한 검정 제복에 반짝거리는 군화를 신고 철컥거리며 걸었다. 옆구리의 칼과 총이 기세를 부리는 듯하고, 호령 소리는 길바닥을 가르듯 쩌렁거렸다. 신식군이 가까이 오자 어른들이 슬금슬금 흩어지고, 미루와 노인만 맨 앞에 남겨졌다. 그때 뒤에서 소리가 났다.

"얼른 숨어라. 신식군 눈에 띄면 잡혀가기 십상이여."
"직업이 없다는 핑계로 데려가서 개고생시킨다던데."

옆의 노인이 말했다.

"쯧쯧, 겁들은 많아서. 그나저나 저놈들 때문에 이제 조선 왕족도 끝 장이구나."

총칼을 찬 신식군들 사이로 피범벅이 된 흰옷이 희끗희끗 보였다. 그들은 흰 바지저고리를 입은 조선군을 굴비 두름처럼 엮어서 끌고 가 고 있었다. 미루는 가슴이 덜컹 내려앉았다. 신식군은 절대 용술 형 말 처럼 멋진 군인이 아니었다. 미루가 울먹였다.

"남의 나라 군인을 왜 자기들 마음대로 끌고 가는 거예요?"

노인이 말했다.

"쉿! 말 잘 못 하면 쥐도 새도 모르게 잡혀가는 세상이여. 오늘이 궁 궐 호위병 해산날이다."

임금님의 글처럼 오늘은 슬픈 날이었다. 신식군에게 조선 임금님의 호위병까지 빼앗기다니. 갑자기 신식군이 총대를 내려쳤다.

"똑바로 못 걸어? 이 조센징 새끼야!"

총대에 맞은 조선군이 비틀거리자 옆에 있던 이들까지 걸려 넘어졌다. 그들의 머리 위로 총의 개머리판이 사정없이 날아들었다. 흰옷에 벌건 피가 번졌다. 그 바람에 발에 묶인 쇠사슬이 엉켜 철컥거렸다. 신음과 비명이 쇳소리와 섞이며 부연 먼지를 일으켰다. 미루의 얼굴이 백지장처럼 하얘졌다. 발을 동동 굴렀다. 피를 싫어해 싸움도 싫어하고, 벌레 한 마리도 못 죽이는 미루였다. 어머니가 헐떡거리며 뒤에서 달려왔다.

"어서 가자!"

노인이 탄식했다.

"어휴, 부끄러운 대한제국의 말로로다!"

미루는 개머리판이 치켜질 때마다 자기가 맞는 것처럼 몸이 오싹거렸다.

'인자무적이라 했어. 선한 사람에게는 적이 없다고 했는데, 저 사람들이 무슨 죄를 지었기에 저리 때리고 패는 거지?'

어머니 손에 이끌려 가며 연신 흐느꼈다.

"어머니, 저들은 왜 우리 민족을 못살게 구는 거죠?"

"그러게, 못된 놈들."

어머니의 얼굴도 벌겋게 변했다.

"어머니, 우리가 조그만 나라지만 우리 선조들은 고귀한 문화를 창조했잖아요?"

어머니가 놀라 미루를 바라보았다.

"물론이지. 천박한 저 치들이 우리 것이 탐나서 그래. 우리 선조들이 한자, 철학, 도자기, 건축술을 다 전해주었지."

미루는 다시 군인들을 돌아보았다. 비틀거리는 희뜩한 조선군의 바지저고리가 매미 허물처럼 허망하고 참담했다. 미루의 양 볼에 눈물이 흘러내렸다. 부르르 주먹을 떨며 그걸 훔쳐냈다.

"우리 조선사람을 괴롭히는 일본 놈들! 내가 크면 가만두지 않을 거예요."

어머니가 미루의 손을 꼭 쥐었다.

"그래야지, 반드시 그래야지. 자고로 문화 수준이 높은 나라가 낮은 나라에 영원히 합병된 역사는 없어. 그게 바로 문화의 힘이란다. 그래서 일제가 수단과 방법을 가리지 않고 우리 문화유적을 자기네 나라로 가져가려는 것이야."

"귀한 문화와 유물을 잘 지켜야 한다고 학당에서 배웠어요."

"그래, 우리가 이 판도를 바꿀 그 날이 반드시 오고 말 거야."

"네, 어머니."

미루는 다짐하듯 엄마의 손을 꼭 쥐었다. 그때 신작로 통으로 검은 옷을 걸친 일본사람들 한 무리가 지나갔다. 검은 옷이 귀신을 부르는 듯 섬뜩했다.

"우리한텐 실용적이지 못하다며 흰옷을 못 입게 하잖아. 봐라, 저 검은색은 정말 상스럽기까지 하구나."

'상스럽다'라는 어머니의 말이 계속 머릿속을 맴돌았다. 그것은 검은 포댓자루 같은 천을 뒤집어쓴 채 총칼을 들고 날뛰는 침략군에게 딱 어울리는 말이었다. 데라우치 조선총독은 그렇게 조선의 문화와 전통을 앗아갔다. 뱁새눈을 치뜬 채 뽀얀 조선의 속살을 야금야금 파먹는 징그러운 사과벌레 같았다. 이마가 툭 튀어나오고 눈꺼풀이 처진 무시무시한 총독이 나타나면 조선대신들은 공포에 질려 오금을 저렸다. 사람들은 그런 대신들을 보는 게 깨소금 맛이었다.

"나라 팔아먹는 저 간신배들! 굼벵이처럼 벌벌 기는 꼬락서니 좀 보소."

"저 치들 때문에 우리가 섬나라 왜놈들에게 먹힌 거여."

어른들이 일본군보다 동족을 더 증오한다는 사실에 미루는 충격을 받았다. 조선대신들이 일본에 나라를 팔아먹었다고 사람이 모이는 곳마다 아우성쳤다. 일본군이 조선의 국모를 살해하고, 국왕 호위군을 강제 해산시킨 야만적 행위는 조선사람들의 가슴에 분노를 키웠다. 그렇게나 싫어하던 국모였지만, 나라를 대표하는 여인이 왜놈들 손에 죽어간 사건은 되돌릴 수 없는 치욕이요, 능욕이었다.

길을 걷다 보면 일본말이 심심찮게 들렸다. 기모노를 입은 여인들이 게다짝을 딱딱거리며 거리를 활보하기도 했다. 그네들이 지나가면 재수 없게도 조선사람이 일본사람과 시비가 붙었다. 그런 곳엔 항상 일본헌병이 나타나 조선사람을 구타하는 사건이 발생했다.

흐느끼는 신음과 용서를 비는 처절한 소리가 휑한 신작로를 울렸다. 그럴 때면 동족의 비명이 미루의 머릿속을 후비고 지나갔다. 비위가 약한 미루는 토할 듯 가슴이 울렁거리고 어지러웠다. 한번은 전봇대를 붙잡고 토를 하고 말았다.

"저거, 홍 선생 아들 아니야? 사내 비위가 저리 약해서야."
"지 어무이가 아들을 너무 약골로 키웠구먼."

미루는 그런 말을 하는 어른들이 너무 싫었다. 씩씩한 남자가 되고 싶었다. 그 자리에 주저앉고 싶었지만 안간힘을 써서 버텼다. 가끔씩 옆구리를 짓누르는 통증이 또 다가온 모양이다. 눈을 꼭 감고 통증을 버티려고 배를 눌렀다. 사람들의 비명이 계속 귓전에 윙윙거렸다. 그렇게 겨우 집에 도착하자마자 쓰러지고 말았다.

"어휴, 이게 웬일이야?"

미루 어머니인 홍 선생은 기력이 약한 미루에게 약을 달여 먹이고 정성껏 간호했다. 남자애가 이리 심신이 약해서 어떨지 걱정이 이만저만이 아니었다.

'제 아버지를 안 닮고 누구를 닮았는지 몰라.'

쇳덩이라도 녹일 듯 강인하던 미루 아버지가 떠올랐다. 언젠가는 아들에게 용감한 아버지 이야기를 해줄 날이 있겠지. 지금은 부모가 동학군이었다고 소문나면 끝장이다. 홍 선생이 진도에서 황해도까지 올라와 혼자 몸으로 미루를 키웠듯이, 동학군 자손들은 후환이 두려워

성까지 바꾸고 모두 산골에 숨어 살아가고 있지 않은가. 갑자기 미루 목소리가 들렸다.

"어무이요! 탕약 먹으니 신식군도 불끈 들어 던지겠구먼요."

어설픈 사투리로 미루는 연약한 팔에 알통까지 만들면서 으스댔다. 어머니는 기분이 좋아 아들에게 눈을 흘겨주었다.

"제발 그래라. 그래야지."
"어머니, 두고 보세요. 언젠가는 놈들을 물리치고 우리나라를 반드시 되찾고 말 거예요."

미루는 책을 들고 와 어머니 앞에 펼쳤다.

"어머니, 어서 국문 공부할 시간입니다."

나라를 찾으려면 배워야 한다던 말을 잊지 않은 아들이 고맙고 기특하다. 부드러운 얼굴선 사이로 꼿꼿한 의지가 서린 걸 보면 피는 속일 수 없나 보다. 제 아버지의 강인한 정신을 그대로 이어받은 듯해 내심 위안도 된다.

'미루 아버지, 나라는 점점 더 혼란스러워지고 섬나라 침략군은 더 활개를 칩니다. 미루를 잘 키울게요. 당신의 죽음이 절대 헛되지 않게 할 겁니다.'

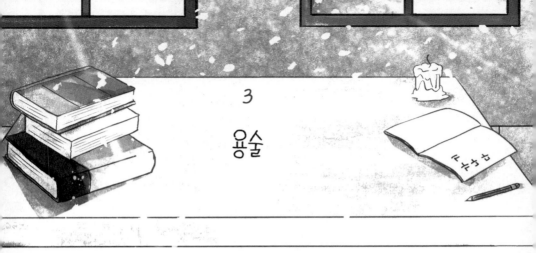

3
용술

일본은 식민지의 구식학교를 하나둘씩 폐교하고, 조선의 모든 학교를 신식학교로 개조해 나갔다. 유럽의 신식문물을 일본어로 교육한다는 것이 그들의 목표였다. 대한제국은 망한 나라이므로, 조선인들의 머리에서 대한제국의 모든 것을 지워버려야 한다는 강요가 시작되었다. 홍 선생이 근무하던 학당도 문을 닫아야 했다. 어느 날 읍에 새로 부임한 일본 관리가 홍 학당을 방문했다.

"홍 선생, 국문 교사는 이제 필요가 없스므니다. 일어를 하는 원어민 교사들이 전 교과과정을 일본어로 교육하게 될 것이오."
"네, 그래도 정리할 시간도 없이 갑자기 폐교하는 법이 어디 있습니까?"

"홍 선생, 무지한 조선 아이들을 개화시켜준다는 데 꽤 말이 많소."

홍 선생은 가슴이 불끈 달아올랐다. 그들에게 대들거나 반대하면 끌려가거나 부당한 조치가 따라온다. 때로는 가족이 화를 입기도 했다. 미루에게 어떤 일도 생기면 안 된다. 홍 선생은 입을 꾹 다물었다. 관리가 교실 밖에 대고 휘파람을 불었다. 발바닥에 땀이 나도록 달려온 청년이 굽실거리며 직각으로 고개를 숙였다. 관리가 소리쳤다.

"저기 홍 선생 책상으노 물건도 모두 **빼내도록** 하라."
"네, 알겠스므니다."

고개를 든 청년이 힐끗 홍 선생을 보았다. 홍 선생이 놀라 물었다.

"혹시 요, 용술이 아닌가?"

청년이 고개를 휙 돌렸다. 허우대가 멀쩡한 게 다 큰 청년 같아서 몰라볼 뻔했다. 용술은 더듬거리는 일본말로 내뱉었다.

"저, 저는 이제 그때의 용술이가 아니므니다."

그는 책상 위 물건들을 집어 상자 속에 던지듯 넣었다. 홍 선생은 억장이 무너져 내렸다. 미루 친구였던 아이가 저리 허세를 부리다니. 도리구찌 모자('도리'는 새, '구찌'는 주둥이라는 뜻의 일본말. 새 주둥이 모양의 모자라는 뜻으로 요즘의 헌팅캡과 비슷함)를 쓴 그의 뒷모습이 어쩐지 애잔하다. 앳된 소년병이나 유랑단 피에로 같기도 했다. 그가 상자를 던지듯 놓더니 홍 선생에게 손을 내밀었다.

"교실 열쇠도 내놓으시라요. 지금부터는 학교 기물에 손대면 큰코 다칠 거시므니다."

홍 선생은 입술이 덜덜 떨렸다. 사람이 저렇게 변할 수도 있구나 싶으니 기가 막혔다. 옆에 선 일본 관리는 팔짱을 낀 채 웃음을 흘렸다. 용술은 채가듯 가져간 열쇠로 교실 문을 잠갔다. 두 남자가 사라질 때까지 홍 선생은 멍하니 서있었다. 수년 동안 정성 들여 일군 학당이었다.

'저 아이에게 밥도 먹이고, 국문도 가르쳤었는데….'
"홍 선생님요!"

고개를 드니 마을 아낙들이 모여들었다.

"이제 어쩐대요? 우리 여자들 야간학당도 없어지네요."

"그보다 이제 국문을 못 배우니 어쩌냐. 한참 재미 붙였는디."

홍 선생은 말이 없었다.

"이제 우리말도 못 쓰게 한다든디 맞아유?"
"예, 신식학교에 배치될 일본 선생들이 본국에서 왔답니다."

홍 선생 말에 누군가가 대답했다.

"그게 문제가 아녜요. 서슬 퍼런 용술이 모자가 동네 사람들을 얼마나 볶아 먹을지 모르겠어요."
"그러게. 지져 먹든 볶아 먹든 우리가 마음들 단단히 붙들어 매야 당하지 않을 거구먼."

홍 선생은 용술이 떠올랐다. 형무소 구경 가기를 좋아해 그곳에서 일자리를 얻었다고 했었다. 용술은 거기서 지저분한 적갈색 광목옷을 입은 죄수들이 청소하는 것을 감시하는 일을 했다. 미루도 형무소가 어떤 곳일지 무척 궁금했다. 사람들이 수군거렸다.

"일본 관원들 말을 안 듣는 게으른 조선사람들을 가두는 곳이래."

어머니는 형무소 같은 건 말도 못 꺼내게 했다. 용술이가 왜 그 근처에서 노는지 모를 일이라면서 그 근처엔 발걸음도 못 하게 했다. 그러던 용술은 언제부턴가 신식물을 먹어 깔끔하게 하이칼라 머리를 하고 다녔다. 일본사람 뒤를 따라다니는가 싶더니 제약회사의 사환이 되었다. 홍 선생은 용술이 제 밥벌이를 하니 기특하다고만 했다.

"미루야, 아무리 가난하고 신분이 낮아도 사람은 누구나 나름 훌륭한 점이 있는 법이야. 그러니 지금 우리보다 못한 사람을 무시하면 절대 안 돼. 그게 네 아버지의 인생관이기도 하셨지. 사람 위에 사람 없고, 사람 밑에 사람 없단다."

어머니는 집에 오는 일꾼들에게도 절대 반말을 하지 않았다. 미루는 어머니가 항상 용술네도 높여주고 친절히 대하는 걸 보며 자랐다.
미루는 자기보다 한 살 많고 힘이 장사인 용술을 당연히 '형'이라고 불렀다. 어려서부터 형이 없는 미루에게 용술은 우상이었다. 용술은 멋진 군인이 되는 게 꿈이었다. 개구리를 잡아 다리를 찢을 듯 잡아당기면 미루는 제발 살려달라며 사정했다. 무서워하는 그 모습에 용술은 신이 났다. 남의 집 참외밭 서리하는 법도 보여주면서 으스댔다. 미루는 그러는 용술 형이 위대하게 보였다.

"용술아, 우리 미루를 위험하지 않게 잘 데리고 놀아주렴."

어머니는 용술의 밥도 자주 챙겨주었다. 그는 밥을 두 그릇씩 먹어 치웠다. 어머니는 그를 보며 커서 장사가 되겠다고 칭찬해주기도 했다. 용술은 미루가 우물 안 개구리처럼 책만 본다며 이웃 섬나라 이야기를 많이 들려주었다.

"일본사람들은 검은색의 편한 옷을 입고, 총과 대포라는 신기한 무기를 가진 개화한 민족이야."

미루가 물었다.

"개화한 민족?"
"샌님인 네가 알 턱이 없지! 일본은 조선처럼 고리타분하지 않다는 뜻이야. 생각이 깨어서 양반 상놈도 없고, 철도라는 것도 만든 대단한 사람들이지."
"오호! 그러면 그곳 아이들도 재미난 책을 읽을까?"
"샌님처럼 책만 읽어 뭐에 쓰냐? 난 나중에 일본말을 배워서 멋진 군인이 될 거야."

미루는 풀이 죽었다. 말없이 용술 이야기만 들었다.
언제나처럼 용술이 미루네로 놀러 왔던 어느 날, 미루는 어머니랑 마주 앉아 공부 중이었다. 그날 용술은 한참이나 기다리다가 화를 내며 돌아섰다. 공부가 밥 먹여 주냐고 투덜거리면서. 그러나 마음 한구석에는 미루를 향한 부러움이 질투로 자리 잡았을지도 모른다.

여자들이 떠드는 소리에 홍 선생은 정신이 돌아왔다.

"홍 선생님에게 어떻게 그럴 수가 있대요?"
"일본 관리 앞잡이 노릇 하다가 때 묻은 돈은 좀 벌겠구먼."

어디선가 슬그머니 나타난 용술 어머니가 끼어들었다.

"쉿! 그 입주댕이들 조심하소. 잘못하다가는 후회할 날이 올 것이고만."

용술 어머니는 입을 비죽거리며 침을 퉤 뱉었다. 아들이 일본 제약 회사 다니면서 집안이 편 터라 못 할 말도 없었다. 이제 세상 살맛이 났다. 평생 소작농으로 미루네에서 보리쌀 됫박이나 얻어먹고 살았지만 이제 천지가 바뀌고 있었다. 사람들은 눈치를 보며 슬슬 헤어졌다.

다음 날 아침, 돌배 엄니 목소리가 들려왔다. 미루네 밭일을 도우러 오는 길이었다.

"홍 선생님, 아니 미루 어머니, 이제 어쩐대요?"
"아침부터 무슨 일인가요?"

"어제 용술 엄니가 머리를 싹둑 단발하고 몸뻬바지 차림으로 거들 먹거리며 나타났어요. 그 풍덩한 왜바지가 무슨 자랑거리라고."

홍 선생은 자기 치마를 힐끗 내려다보며 말했다.

"용술 엄니가 우리 동네서 일착으로 몸뻬를 입은 신식 멋쟁이겠소. 하지만 몸뻬를 강요하고 흰옷을 못 입게 하는 게 한국의 경제와 근대화를 위한 짓일까? 있는 옷 입는 것은 낭비고, 몸뻬바지를 새로 만들어 입어야 경제적이라는 소리도 우습고."

"몸뻬 입고 머리채도 잘라야 신여성도 되고, 공장에 취직도 할 수 있대요."

"상스러운 것들! 송두리째 우리 문화와 전통을 빼앗으려고 난리로구먼."

밖으로 나가려던 미루는 어른들 대화에 그냥 주저앉았다. 요즈음 용술 형의 얼굴을 거의 볼 수가 없었다. 뜸한 게 서운하긴 했지만 차마 용술 어머니에게 물을 수도 없었다. 사람들이 서로 눈치를 보는 것 같고, 뭔지 모르게 동네가 술렁거렸다. 어머니 얼굴에도 그림자가 드리웠다.

4
어른 되기

어머니의 한숨 소리가 미루 방에까지 들려왔다. 미루도 한숨을 내쉬었다. 몸뻬를 불끈 올려 입은 어머니를 상상할 수가 없었다. 철철이 하얀 옷에 풀 먹이고 다림질하여 단아하게 한복을 차려입던 어머니였다.

어머니의 쪽진머리가 단발로 삭둑 잘려 나간다 생각하니 미루의 가슴이 쿵 내려앉았다. 당장 누가 어머니 머리를 자른다고 덤빈 것도 아니었다. 명경(거울) 앞에 앉아 쪽을 지던 어머니의 모습을 더 이상 볼 수 없을지 모른다는 생각만으로도 슬픔이 밀려왔다.

미루는 종이를 펴고 '한국 여인의 머리'라고 썼다가 지우고 '어머니의 쪽진머리'라고 맨 위에 썼다. 갑자기 쓰르라미 우는 소리가 가슴을 할퀴고 지나갔다. 가슴 언저리가 찌르듯 아팠다.

어머니가 행여 이 글을 보면 사내 녀석이 약해 빠졌다며 혀를 찰지도 모른다. 집안에 남자가 없어서 그렇다고 할지도 모른다. 하지만 미루는 속이 상할 때나 기쁠 때나 뭔가를 쓰지 않고는 견딜 수가 없었다.

"엄니는 아침마다 머리에 쪽을 진다
명경 속 얼굴 가만히 들여다보며
아침이슬로 세수한 말간 얼굴에
참빗으로 긴 머리 싹싹 빗어서
돌돌 돌리고 휘감아 쪽을 만든다

동백기름 한 방울 손바닥에 떨구면
까만 윤기 자르르 흐르는 동그란 머리
명경에 비춰 보며 짓는 예쁜 미소

엄니가 쪽을 풀고 비녀를 빼면
부엉이 활개 치는 밤, 밤, 밤
행여 우리 엄니 머리 채갈까
쪽진머리 풀지 말고 엄니
우리 긴 밤을 잡아매 봐요
환한 새벽이 올 때까지."

소년 독립군과 한글 학교

미루에게도 여지없이 변화는 몰려왔다. 신식학교에서는 온종일 일어로만 쓰고 배워야 한다. 편하고도 아름다운 국문을 놔두고 침략군의 말만 쓰고, 서예를 멈춰야 한다. 조선어 사용 금지는 혀가 끊긴 고통의 시간이 될 것이다. 미루는 어머니께 애원했다.

"어머니, 저는 신식학교가 싫어요. 학교에 안 다니고 집에서 우리글로 공부하고 싶어요."

어머니는 잠시 생각하는 듯 말이 없었다. 미루는 어릴 적 어머니가 읽어주던 책을 기억했다. 어머니 덕분에 책 읽기를 좋아하고, 시를 읊고 글 쓰는 걸 즐기며, 사색에 잠기길 좋아하는 소년이 되었다. 말이 없던 어머니는 단호히 고개를 저었다.

"너는 세상에 나아가 더 많은 것을 배워야 할 나이야. 이제 내가 너에게 가르쳐줄 것이 없구나. 진정으로 세상 진리를 얻기 위해서는 외롭고 고통스러운 학문의 길을 두려워해서는 안 되느니라."

미루는 강요 뒤에 숨은 어머니의 슬픔이 가득한 눈동자를 놓치지 않았다. 우리말을 누구보다 사랑하는 어머니였다. 사실, 아들이 한국 역사를 한국말이 아닌 일본말로 배울 것을 생각하면 피가 치솟았다. 그러나 시기를 놓치면 영영 배움의 길을 놓치게 될 거다. 어미 노릇이란

자식이 자립할 길을 놓아주는 것이다.

"미루야, 속국이 된 이 나라를 살리려면 배움이 먼저다. 배움만이 빼앗긴 나라를 되찾을 길이야."

미루는 어머니의 말이 이해되기도 하고, 이해할 수 없기도 했다. 어머니는 무관은 못 될 상이라며 어려서부터 책만 파고드는 아들을 미더워하지 않았다. 쉽게 동정하고 연민하는 유약한 사내 녀석이라 내심 불안했다. 아들이 강하게 크기를 바랐다.

"미루야, 학교에서 국문 책을 읽을 수는 없겠지만 이제 새로운 학문을 배우게 될 거다. 너는 신식교육을 통해 유럽의 높은 학문과 문화를 빨리 받아들일 수 있을 거야. 이 어미는 너를 믿는다."

'너를 믿는다'라는 어머니의 말이 미루의 가슴에 박혔다. 어머니를 바라보자 윤기 나는 쪽진머리가 낯선 단발머리와 겹쳐 보였다. 미루는 어른이 되는 게 갑자기 슬퍼졌다. '이런 온갖 변화를 단단히 이겨내야 어른이 되는 거다'라며 고개를 흔들고 윗입술을 단단히 물었다. 바쁜 일이 지나면 용술 형도 다시 놀러 올 거다. 함께 올라가 놀던 수양산 생각이 났다. 형이 보고 싶었다. 하지만 서로 다른 길을 걷는 게 어른이 되어가는 것이겠거니 하며 기다리기로 했다.

미루는 마음을 고쳐먹고 어머니 말씀을 따르기로 했다. 신식학교에 입학하려면 밤낮으로 공부해야 한다. 어머니는 집 뒤 계곡에 있는 정자에 침상을 놓고 책상을 마련해주었다. 여름 내내 계곡물 소리를 들으며 미루는 상급학교에 갈 준비를 했다. 하지만 가끔은 어머니와 배운 사서삼경을 읽고 시를 짓기도 했다.

"미루야, 이제 경성으로 가서 공부하는 게 더 넓은 배움에 이르는 길일 것 같다."

어머니 말씀을 따라 미루는 경성에서 자취하게 되었다. 부모와 떨어져 홀로 하는 공부는 나름 새로운 즐거움이 있었다. 동고동락하는 친구와 서로 위로하며 배움의 세계에 집중했다. 1년 후 미루는 경성의전에 도전했다. 가장 어린 나이로 합격한 미루는 주위 사람들을 놀라게 했다. 어머니는 아들이 자랑스러웠다.

"미루야, 너의 배움이 망해가는 이 나라를 반드시 구할 수 있을 거야."
"네, 어머니 뜻에 어긋나지 않게 열심히 공부하겠습니다."

미루는 어머니의 경제적 도움이 고마웠다. 홀몸으로 아들을 교육하느라 애쓰는 어머니께 보답해야겠다는 생각으로 점차 공부에 참맛을 들여갔다. 의전생도였지만 자연과 인생의 이치 탐구를 좋아하는 그는 철학책을 탐독하며 첫 학년을 보냈다. 틈틈이 동료들을 만나 식민지의 설움과 울분을 토하기도 했다.

어머니는 종종 경성에 둔 아들이 못내 불안했다. 시국이 시끄러우니 아들의 안전이 이만저만 걱정되는 게 아니었다. 아들은 조용하고 점잖은 편이지만 불의는 참지 못하는 성품이었다. 한번 맘먹은 일에는 고집이 여간 아니었다.

어느 날 밭일을 마치고 돌아가던 용술 어머니가 다가왔다.

"미루 어머니, 미루가….."
"미루가 왜요?"
"좀 말씀드리기 그런디요."
"괜찮아요. 말씀해보세요."
"저 그게, 경성에서 반일운동을 하고 다닌다네요."

머리가 띵 하고 눈앞이 깜깜해졌다.

"누가 그러던가요?"

용술 어머니는 짐짓 놀란 척 입을 다물었다. 미루 어머니는 열이 머리꼭지까지 치솟았지만 차분해지자며 머리를 흔들었다. 용술이 아닐 수도 있지 않은가? 하지만 학교로 찾아왔을 때 도리구찌를 쓴 채 동행한 일본 관원에게 얼마나 굽실거렸던가? 그러던 아이가 헛소문까지 퍼뜨리며 이제 밀고자로 나서고 있다.

의학 공부를 하는 앞날이 창창한 아들이 무슨 반일운동을 했다는 걸까? 눈에 넣어도 아깝지 않은 아들에게 필시 무슨 일이 닥친 듯해 불안했다. 경성에 가서 미루를 당장 붙들어 와야겠다며 불끈 일어섰다. 그러나 다음 순간 그 생각을 꾹 눌러 참았다.

'그래, 이 어미가 걱정하던 그렇게 여린 아이가 아니야. 우리 미루도 이제 어른이 되어가고 있구나. 쉽진 않지만 아들을 믿고 견뎌보자.'

나라를 위해 싸우던 용맹한 남편이 떠올랐다. 갑자기 가슴이 뜨거워지고 남편이 그리워졌다. 아들이 용맹하기를 바라면서도 내 아들만은 안전하기를 바라는 마음은 모든 부모의 소망이자 모순일 게다. 어쨌든 기다려주는 거다.

부모의 제일 큰 역할은 기다림인 것 같다. 배 속에 넣고 열 달을 기다리고, 세상에 나오면 기저귀 떼기를, 걸음마 떼기를, 홀로서기를, 그리고 제 짝을 찾도록 기다려주는 게 부모의 역할이다. 어른 되기가 어디 그리 쉽겠는가 말이다. 그러니 이번에도 기다려봐야 할 듯하다. 여유를 갖고 아들의 거처를 곰곰이 생각해보기로 했다.

황해도 해주 골짜기와 미루 집안에까지 변화의 물결이 빠르게 번져갔다. 하얀 창호지에 떨어진 검정 먹물이 번져가듯이.

5
한글이 좋아서

그 시각, 어미의 애타는 심정을 아는지 모르는지 미루는 경성 변두리 반지하에 있는 방을 향하고 있었다. 미행자를 살피며 문을 열고 들어섰다. 이미 몇 명의 동지들이 도착해 있었다. 문을 닫는 순간 골목을 울리는 "저벅저벅, 철컥철컥" 발자국 소리다. 이 선배가 낮게 소리쳤다.

"쉿, 불 끄고 창문 닫아!"

모두 정지한 채 숨을 죽인다. 야간 순찰에 나선 일본순사의 군화 발소리다. 보지 않아도 번쩍거리는 가죽구두와 베일 듯 날 선 바지가 눈에 선하다. 빳빳한 모자의 챙 밑에서 쥐새끼처럼 먹이를 찾는 눈초리가 번득일 것이다.

삽시간에 어두워진 방안에 정적이 흐른다. 숨을 죽인 채 팽팽한 긴
장감이 감돈다. 수개월 반복되는 이 짓거리에 만성이 될 만도 하건만,
밤마다 노리는 살쾡이 순사들 따돌리기에 숨이 막힌다. 아무리 한글이
좋아서 모이지만, 한독단은 매번 뱁새눈을 번득이며 먹이를 찾는 고양
이 앞에 선 쥐 신세다. 동지들이 '한글독립단'을 줄여 만든 이 '한독단'
과 일본순사들의 징그러운 게임이 언제나 끝날지 막막하기만 하다.

이내 발자국 소리가 멀어지자 모두 기어 나와 부리나케 움직인다.
이 선배가 먼저 촛불을 붙이며 말한다.

"아직은 전깃불 켜면 안 돼. 주위가 갑자기 환해지면 발각된다!"

희미한 어둠 속에서 근육질 현우는 등사판을 불끈 들어 책상 위에
올려놓는다. 행여나 급습에 빼앗길까 봐 작업 후엔 장 속 깊이 숨기는
보물이다. 미루는 밤새 철필로 긁어 쓴 반일전단지를 등사판 위에 올
린다.

어둑한 방안에 긴 촛불 그림자가 너울거린다. 독한 등사판 잉크 냄
새가 눈을 찌를 정도지만 창문이라도 열었다간 잉크 냄새가 퍼져 발각
되기에 십상이다. 창문을 닫은 채 코를 막고 되도록 숨을 멈춘다. 6개
월 동안 계속된 비밀작업에 이골이 나 척척 손발이 맞는다. 캑캑거리
지도 않고, 군화 소리가 나면 숨죽여 기다릴 줄도 알게 되었다.

요즘 한독단 같은 비밀조직을 잡으려고 눈에 불을 켠 일본순사의 순찰이 잦아졌다. 경성 변두리의 외진 좁은 골목까지도 이 잡듯 뒤진다. 이 선배가 큐 사인을 넣었다.

"오케이! 한독단 작전 개시!"

미루는 총칼을 드는 대신 등사판 롤러를 들어 총 쏘는 흉내를 낸다. 이윽고 등사판 미는 일이 시작되었다. 모두의 얼굴이 땀으로 번들거리고, 손은 마르지 않은 먹지 잉크로 얼룩 범벅이다. 전단지 복사물이 등사기를 거쳐 손에서 손으로 전해진다. 방안은 복사기 미는 드르륵 소리와 젊음의 열기로 폭발할 듯 뜨겁다. 거의 인쇄가 끝날 무렵 이 선배가 팔을 들어 올리며 소리쳤다. 이 선배의 이름은 이응노, 별명은 '수첩왕자'다. 그는 모든 것을 항상 기록하고 보관한다.

"내일의 성공을 위하여!"
"위하여!"

모두 주먹을 쥐고 팔을 치켜올렸다.

"거사가 드디어 내일로 다가왔다. 내일 2시 이전에 이 전단지를 다 전달해야만 해. 우리 한독단 외에도 여러 단체에서 독립선언서 등의 전단지를 뿌리기로 되어있다. 감사하게도 지금까지 우리는 희생자가 한 명도 없었다. 내일도 100%, 아무 희생자 없이 우리는 작전을 완수할 것이다."

제일 큰 형인 철주 선배가 나섰다.

"행여 붙잡히더라도 우리는 없는 단체다. 목숨을 걸고 한독단 정보는 발설 금지!"
"한글을 사랑하여!"

모두 함께 만세를 부른다. 소리가 밖에 새 나가는 것을 막기 위해 입만 달싹거리는 만세다. 소리 내어 만세 한 번 외쳐보지 못하는 설움을 누가 알까.

"내일이면 목이 터져라 대한독립만세를 외쳐보자."

모두의 가슴이 떨린다. 주먹을 굳게 쥐며 제 몫의 전단지를 챙겼다. 이 선배는 등사기를 쓰다듬으며 펜을 든다. 오늘 이 시간 한독단의 활동을 깨알 같은 한글로 적는다.

"모두 수고했어. 이 등사기가 눈물 나게 고맙다. 한글이 없었으면 이 등사기가 무용지물이었을 거고, 우리의 용기 있는 만남도 없었을 거야."

이 선배보다 나이 많은 철주 형이 나선다.

"이 일 할 시간에 막노동을 했으면 가족들을 굶기지는 않았을 텐데. 그렇지만 이렇게라도 우리가 한글을 지켜온 게 자랑스럽다. 한글은 우리의 목숨이니까."

미루가 말했다.

"철주 형, 우리 모두 형의 마음을 알아요. 생업에 쫓기면서도 한글을 지키기 위해 함께했던 한독단의 우정을 결코 잊지 못할 겁니다."

이 선배가 일어서 말했다.

"3.1 거사 후 틀림없이 민족적인 변화가 있을 거야. 일본은 우리의 독립의지를 꺾기 위해 바싹 조여올 것이고. 특히 우리말을 가만두지 않을 거야. 가능하면 넓은 세상에 우리의 독립의지를 알리고, 우리의 언어를 지켜내야 할 때라고 생각해. 언어를 잃은 민족은 절대 일어설 수 없는 법이니까 말이야."

모두 고개를 끄덕였다. 현우가 말했다.

"만일 제가 여기 없거든 상해로 간 줄 아세요. 거기는 일제의 만행을 세상에 알릴 수 있는 본거지가 되는 곳이니까요."

미루도 가슴이 뜨거워졌다. 자기도 꿈꾸던 유럽으로 가서 그들에게 조선의 상황을 알려야 한다. 그러나 낯선 이방인 자격으로 가능한 일일까? 그래서 의전에서 남몰래 정규수업만큼 독일어도 열심히 공부했다. 의학지식을 위해서도 필요했지만, 독일에 조선을 알려야 한다는 사명감에 쉬지 않고 독일어 공부를 했다.

어제 해부학 교수를 떠올리니 쓴 물이 올라온다. 한국말을 할까 봐 눈에 쌍심지를 켜고 감시하는 일본 교수는 진상이었다. 의대 교수면 의학만 가르치면 될 것이지 강의실에서 한국어를 절대 용납하지 않는 좀생이다. 미루는 그 생각에 진저리를 쳤다.

"학교에서 우리말을 한 마디도 못 쓰는 날은 입 안에 혓바늘이 돋는 거 같아요. 신학문을 배우는 건 좋지만 우리말을 못 하다니. 속은 한국 산 토종인데, 껍질은 일본인 탈을 쓰고 살아야 하는 게 정말 괴로워요."

괄괄한 현우가 나섰다.

"한글도 언어도 다 좋지만, 내일 거사가 어떻게 될지 모르겠네요. 총칼 없이 그 잔인한 놈들에게 항거하는 게 가당키나 할까요?"

전단지 작업을 하러 올 때마다 현우는 만주로 떠나고 싶어 했다. 일본군에 대적하려면 총칼이 필요하다면서 말이다. 일본군의 압제에 안일하게 대처할 수만은 없다고 항상 흥분했다. 이 선배가 말했다.

"현우야, 내일 거사도 우리의 맨손으로 하는 거다. 우리는 무혈투쟁을 결의했잖아. 꼭 총칼로 하는 것만이 독립운동은 아니야."
"이 선배, 함무라비 법전의 원칙에 '눈에는 눈, 이에는 이'라고 했어요. 총에는 총, 칼에는 칼로 맞서야 한다고 생각해요. 우아하게 무혈만 주장하는 게 능사는 아닐 거예요."

현우의 말에 미루의 창백한 이마에 핏줄이 불거졌다.

"네 말이 옳기도 해. 놈들의 잔악무도한 총칼에 쓰러진 동포들이 안쓰럽지. 그러나 무기를 든 사람끼리의 내전은 영혼의 패전이야. 이런 무참한 전쟁을 통해서는 절대 인간의 발전은 없다고 봐."
"그건 너처럼 이상적인 평화주의자나 하는 말이지. 앞으로 세상은 그렇게 호락호락 흘러가지 않을 게 분명해."
"현우야, 어쩌면 무기를 구할 능력이 없는 가난뱅이를 합리화시키는 건지도 모르겠지만 난 유혈항거는 절대 반대야. 피가 피를 부르거든.”

“내 말은 잔인한 침략군들의 폭정을 계속 두고 볼 수만은 없다 이거지.”

이 선배가 말했다.

“우리말과 글을 빼앗긴 사람들에게 한글전단지가 통했다는 걸 기억하자. 우리의 노력이 헛되지 않아 사람들이 한글전단지를 열심히 읽고 반일감정을 키워왔어. 내일 거사는 우리의 의지를 재확인할 기회가 될 거야.”

미루도 단호한 목소리로 말했다.

“세종대왕의 훈민정음 창제 후 요즘처럼 봇물 터지듯 한글이 퍼진 적은 없어요. 지렁이도 밟으면 꿈틀한다는 말이 맞잖아요. 일제가 탄압하니 우리가 필사적으로 우리말 우리글을 찾으려고 노력하고 있잖아요? ‘한글은 목숨이다’라고 한 주시경 선생의 말씀이 뼈저리게 와닿았어요.”

현우가 말했다.

"미루 말도 다 옳은 말이야. 하지만 우리는 일본군을 한 명도 처치하지 못했잖아. 독립운동가처럼 총칼을 들지 않았던 것을 후회할 날이 올까 봐 두려워."

미루가 말했다.

"현우, 네 말도 틀리지는 않아. 하지만 우리는 사람들 정신을 살리는 일을 했어. 우리말은 민족의 얼이고, 우리글은 민족의 정신이야. 우리말과 우리글이 살아있는 한 우리의 얼과 정신은 살아있다고 봐. 우리가 총칼로는 못 싸워도 정신으로 무장하는 한 놈들이 우리를 짓밟을 수는 없어."

하기야 현우는 당장 학업을 중단하고 독립운동하러 만주로 갈 용기는 없었다. 말로는 이렇게 떠들어도 그는 항상 경계에 서서 방황했을 뿐이다. 무혈과 유혈, 그리고 펜과 총칼 사이에서. 이 선배는 항상 현우의 열렬한 애국심을 찬양하고 북돋아 주었고, 다른 애국 방법을 찾아 한독단을 떠나는 건 그의 자유라고 말해주기도 했다. 서로 방법은 달라도 나라를 사랑하는 마음의 근본은 똑같다면서. 미루가 물었다.

"철주 형은 이제 어떡할 거요?"
"응, 일본에 사는 사촌 형이 일본으로 오라더군. 돈벌이할 공장을 소개해주겠대."

"형이 잘 되면 좋겠어요. 어디 있건 건강 챙기시고 부디 서로 연락합
시다."

동지들과 헤어지는 서운함에 가슴이 저렸다. 내일 거사 후 언제 어
디서 만날지 앞날을 모르는 일이었다. 미루가 헝겊에 그려진 태극기를
꺼냈다.

"한글이 좋아서 모였던 동지들, 여기에 서명합시다. 한마음 되어 둥
글게, 사발통문처럼."

김철주, 이응노, 강현우, 그리고 이미루의 이름이 태극기 천에 둥글
게 써졌다. 네 명의 동지는 태극기 앞에 다시 섰다.

"우리글을 만천하에 내놓고 쓸 날이 언제일까?"
"우리 목숨이 당당해지는 날!"
"그래, 한글이 살아야 나라가 살고, 나라가 살아야 우리도 산다."

일본순사의 불심검문에 걸릴까 봐 미루는 태극기를 잘 접어 주머니
속 깊이 넣었다. 가슴이 뜨거워졌다. 이 선배가 선언했다.

"우리가 언제 어디로 헤어져도 한글독립단의 뜨거운 정신은 변하지 않는다!"

그들은 전단지를 나눠 각자의 가방에 챙겨 넣었다. 그리고 곳곳에 잠복한 일본순사의 눈을 피해 한 명씩 시차를 두고 반지하 방을 빠져 나왔다.

미루가 집에 도착했을 때 검은 그림자가 뒤쪽 담벼락으로 휙 사라지는 것 같았다. 너무 피곤해서 헛것을 본 걸까? 그날 밤 미루는 비몽사몽간에 잠이 들었다.

6
떠나다

오늘은 3월 1일.

겨울의 끝자락이 아쉬워 서성거리는 여린 봄 햇살이 상쾌한 아침이다. 미루는 가슴을 펴고 자취방에서 빠져나왔다. 전단지를 숨긴 채 모임 장소인 공원으로 나갔다. 벌써부터 전단지를 돌리는 다른 단체의 청년들이 눈에 띄었다. 잠시 스쳤던 청년이 멀어지며 미루에게 눈인사를 건넸다. 반갑지만 서로 모르는 척 스치는 게 예의다. 서로 거리를 유지해야 사람들 눈에 덜 띄기 때문이다. 잘못 걸리면 일본순사의 먹잇감이 된다.

"이걸 받으세요. 오늘 2시에 거사가 있어요!"

"이거요. 거사를 알리는 전단지입니다."

미루는 전단지를 사람들 주머니에 쑤셔 넣으며 속삭였다. 그리고 얼른 돌아서 모른 척 앞으로 갔다. 그때 흰 저고리에 검은 치마의 여학생이 다가왔다. 그녀가 미루에게 미소를 지었다. 다급한 상황에서도 그미소가 아름답다고 생각했다.

"독립선언서예요."

미루는 전단지를 꼭 받아 쥐며 가슴이 뭉클했다. 여학생의 몸으로 이런 위험한 일을 하다니! 미루는 옆구리에서 한독단 전단지가 흘러내리는 것도 모른 채 독립선언서를 읽어 내렸다.

"우리는 오늘 조선이 독립한 나라이며, 조선인이 이 나라의 주인임을 선언한다."

미루는 가슴이 뜨거워지고 몸이 떨렸다. 그때 은행나무 뒤에서 도리구찌를 쓴 사나이가 휙 다가왔다. 미루가 독립선언서에 눈이 팔린 사이, 그는 미루 옆구리에서 흘러내린 전단지를 주워들고 사라졌다.

약속했던 공원으로 사람들이 뭉게구름처럼 모여들기 시작했다. 언제 이렇게 많은 사람이 경성에 살았는지 모를 일이었다. 그들은 입에서 입으로 전해준 오늘 3.1 거사를 되새기며 기다리거나, 전단지를 통해 자주독립의 간절한 열망을 키워온 사람들이었다.

미루네 한독단뿐만 아니라 다른 단체의 대원들도 거사를 진행하기로 되어있던 분들을 초조하게 기다렸다. 예정 시간을 지나 얼마를 더 기다려도 그들은 나타나지 않았다. 모두 웅성거리며 의아해했다. 그분들에게 무슨 일이 생긴 걸까? 마침내 사람들이 소리치기 시작했다.

"빨리 시작하시오."
"어서요! 일본순사가 냄새 맡고 들이닥치면 이 일도 끝장이오."

어떤 젊은 청년이 사람들을 헤치고 팔각정으로 뛰어올랐다. 사람들이 우우 환호했다.

"시작하시오!"

그는 독립선언문을 낭송했다. 사람들은 감격해 손바닥이 닳도록 손뼉을 쳐댔다. 청년이 만세를 선창하자 군중들 모두 만세삼창을 했다. 모두가 한목소리로 외치는 '대한독립만세'가 공원을 울리고 도로에까지 번져 산천초목을 떨게 했다. 얼마 만에 외쳐보는가! 도로변 상점에 있던 사람들도 학교에서 공부하던 학생들도 물밀듯 밀려 나왔다. 가둬놓은 보가 터진 듯 거대한 성난 물살이 거리로 쏟아져 나왔다.

"대한독립만세!"

놀란 일본군이 터져 나오는 군중을 향해 공포탄을 쏘았다. 그러나 앞장선 군중은 물러서지 않았다. 근처 학교에서 공부하던 소년 소녀들까지 폭포처럼 쏟아져 나오며 뜨거운 젊음의 함성이 거리를 뒤덮었다.

그때 앞쪽에서 총성이 울렸다. 놀란 군중이 사방으로 흩어지며 거리는 삽시간에 아수라장이 되었다. 그들 속에 있던 미루도 무작정 달렸다. 누군가가 부르는 느낌이 강하게 들었으나 뒤돌아볼 여지가 없었다. 서로가 부르고 울부짖는 소리가 천지를 메웠다.

앞에 달리던 남학생이 쓰러지며 피를 튀겼다. 일본군이 휘두르는 곤봉에 맞은 거다. 머릿속으로는 그를 구해야 한다고 생각하면서도 몸이 움직여지지 않았다. 온갖 힘을 다해 그에게 엎드리려는데 갑자기 눈앞에 칼날이 번쩍거렸다. 눈앞에 부연 햇살이 빙글빙글 춤을 추었다. 미루는 현기증이 나서 비틀거렸다. 그 빛 속에서 어머니가 걸어와 손을 내밀었다.

"아, 어머니!"

어머니를 따라 달리기 시작했다. 어머니와 가까워졌다. 어머니의 하얀 치마폭에 닿으려고 안간힘을 쓰는 순간 어머니가 사라졌다가 얼마 뒤 다시 나타났다. 그러더니 다시 사라지고 말았다. 아무리 눈을 비벼도 어머니는 없다.

'지금, 어머니가 여기에 계실 리 없어. 헛것을 본 거야.'

미루는 머리를 흔들었다. 온몸에 진땀이 솟고 몸이 무거워 발걸음이 떼어지지 않았다. 옆구리의 전단지 뭉치가 쇠뭉치처럼 무거웠다. 몇 번을 망설이다 이내 전단지를 공중에 내던지고 말았다. 전단지는 삐라처럼 공중에 흩날리며 사람들 발밑에 깔리고, 채였다.

미루가 숨을 헐떡이며 넘어지려는 찰나 발밑에 쓰러져 있는 소녀가 보였다. 전단지를 건네주던 그 소녀였다. 그녀의 하얀 저고리 위로 빨간 피가 번져갔다. 미루는 멍하게 서서 "구해야 해"라고만 중얼거렸다. 흰 저고리가 거의 붉은 저고리로 변했다. 현기증이 난 미루는 소녀를 보며 비틀거렸다. 소녀가 눈을 뜬 채 미루를 보고 있었다. 곧 날카로운 호각 소리가 울리며 사람들이 달아나듯 밀려갔다. 그때 어디선가 바람처럼 달려온 청년이 미루를 채가듯 끌고 갔다.

"빨리 달려! 멈추면 죽어!"

미루는 엉겁결에 그를 따라 달렸다. 얼핏 보니 현우가 아닌가. "저쪽 길로 돌아가!"라고 소리치고 현우는 맞은편으로 달리기 시작했다. 미루는 쓰러질 듯 그가 손짓한 쪽으로 달렸다. 하얀 옷을 입은 어머니가 가끔씩 손짓했다. 어머니를 좇아 정신없이 달리는데 현우 쪽에서 아우성과 비명이 들렸다. 총소리도 들렸다.

얼마나 달렸는지 이제 아무도 보이지 않았다. 미루는 귀를 막은 채 계속 걸었다. 그날 밤 그는 경성의 자췻집으로 돌아가지 않았다. 어머니가 부르는 길이 그쪽이 아니었다. 가다가 한참을 쉬고 다시 걸으며 밤새 걸었다. 미루는 이틀 후 저녁 무렵 고향에 도착했다. 동구 밖에서 서성이는 어머니를 보자마자 어머니 품에 안겼다. 이제 살았다 싶었다.

집에 온 미루는 깊고 깊은 잠에 빠졌다. 핏빛 저고리의 소녀가 미루에게 손을 내밀며 살려달라고 한다. 미루는 떨리는 손을 허우적거리며 내밀었다. 진땀을 흘리다 퍼뜩 꿈에서 깨어났다. 어머니가 땀을 닦아주며 걱정스레 내려다보고 있었다.

"꿈속에서 뭘 본 거냐?"

"그 아이가⋯, 흐흑."

"모두 잊어. 잊지 않으면 흉몽이 너를 계속 괴롭힐 거야. 살면서 잊어야 할 것은 과감히 끊어내야 한다. 그게 아니라도 기억해야 할 것이 너무 많으니."

미루가 진정되는 것을 보며 어머니가 말했다.

"금강산도 식후경이라고 했다. 우선 기력을 차려야 다음 일을 하지."

미루는 참으로 오랜만에 따끈한 저녁상을 받았다. 훈김이 모락모락 오르는 흰밥이 눈물겹도록 맛났다. 어머니는 미루가 밥 먹는 모습을 조용히 지켜보았다. 미루는 밥을 씹으면서 생각에 잠겼다. 쓰러진 하얀 교복의 여학생이 자꾸 떠올랐다. 구해주지 못했다는 죄책감에 목이 메었다. 눈시울이 벌게지자 눈치챈 어머니가 재차 말했다.

"다 잊어라, 제발. 네가 살아야 나라도 있는 거야."
"네, 어머니. 나라가 있어야 나도 있고요."

'그런데 독립만세 현장에 있던 어머니가 어떻게 나보다 빨리 집에 오신 걸까?'

고향까지 무사히 돌아온 건 어머니의 지성이 통한 게 틀림없었다. 붉디붉은 초의 불꽃이 방안 가득 너울거렸다. 마지막 심지가 화려하게 타들어 가는 걸 보며 어머니가 말했다.

"미루야, 지금이야말로 네가 간절히 원하던 유럽으로 떠날 때다. 떠남은 새로운 변화를 가져오지."

어머니는 미루가 낯선 세상으로 가고 싶어 한 것을 항상 기억하고 있었다.

"아들아, 오늘 밤이 그날이다. 놈들이 잡으러 오기 전에 한시라도 빨리 떠나라."

어머니는 미리 싸두었던 짐 보따리를 조용히 들고 일어섰다. 툭 하며 마지막 불꽃이 촛농 속으로 꺼져 들어간다. 미루도 어머니를 따라나섰다. 어머니가 앞장서고 미루는 조용히 뒤따랐다. 어느새 동구 밖이다. 여기까지 올 동안 둘 중 누구도 입을 열지 않았다. 어머니가 말했다.

"어서 가라."

미루는 멈칫거렸다. 달빛 아래 비친 어머니 머리가 흰 서리를 맞은 듯 하얗다. 울음을 참는 듯 입술을 다문 어머니의 어깨가 가만히 흔들리자 천지도 어둠 속에서 숨죽여 흐느꼈다. 어머니가 단호하게 재촉했다.

"너는 도망쳐야 한다."
"도망이요?"
"그래, 어서 달아나야지."

어머니가 같은 말을 반복했다. 아들을 보낼 마음이 바뀔까 봐 스스로 다그치는 것만 같았다. 아들과 헤어진다는 생각에 가슴이 미어졌다. 다시 못 볼 것 같은 예감이 스친다.

'아, 3.1 거사에 가담하지 않았으면 좋았을 것을.'

그러면 어머니를 홀로 두고 떠나는 불효를 저지르지 않아도 되었을 거다. 뼈에 사무치도록 후회스러웠다. 어머니가 말했다.

"압록강 상류는 아직 경계가 그리 심하지 않다고 하더라. 거기서 북쪽으로 도망갈 수 있을 거다."

어머니가 떠나보내기 전에 꼭 해줄 말이 있다면서 미루를 불러 세웠다.

"넌 항상 아버지를 궁금해했었지."

미루는 전심을 다해 귀를 기울였다.

"이제는 말해줘야 할 때가 온 것 같구나. 네 아버지는 불의를 보면 참지 못하는 분이셨다. 나라를 위해 스스로 동학운동에 가담하셨던 그분은 참으로 용맹스러웠지. 너에게 그분의 피가 흐르고 있는 한, 어디를 가도 조선인으로서의 본분을 잘 해내리라 믿는다. 어서 가서 많은

것을 배워 와라. 그것이 이 어미와 이 나라를 위하는 길이다. 네 아버지
도 그걸 바라실 게야."

　미루는 어머니를 덥석 안았다. 어린 아들을 지키기 위해 사람들의
눈을 피해 황해도 골짜기에서 혼자 몸으로 오랜 세월을 버텨 오신 분.
이제 다시 아들을 떠나보내려 한다. 아, 어머니는 다시 혼자가 된다.

　미루는 어머니께 큰절을 올리고 고개를 숙였다. 오열을 듣기고 싶지
않아 성큼 돌아섰다. 돌아보면 떠날 수 없음을 알고 있기에. 부연 달빛
에 비친 길을 내디뎠다. 검은 숲길을 지나고 검푸른 언덕을 지나 한참
을 걸었다. 경성에서 고향에 올 때처럼 자면서도 걸었다. 새들이 가끔
꾸르륵거리고 동물 우는 소리도 들렸다. 그래도 쉬어서는 안 된다. 경
성에서부터 쫓는 자가 다가올지도 모른다. 사흘 후 물 냄새가 난다 싶
을 때 걸음을 멈추었다. 안도의 한숨이 터져 나왔다.

　"아, 압록강이다!"

　눈물이 앞을 가려 바위에 털썩 주저앉았다. 그때 어머니의 서릿발
같은 목소리가 들렸다.

　"제발 도망가거라. 어디든 멀리 가라. 압록강을 건너, 갈 수 있는 데
까지 멀리!"

미루는 불끈 일어섰다. 그때 기적처럼 나룻배가 다가왔다. 미루는 빨려들 듯 턱수염이 허연 사공에게 다가갔다. 뱃전에 철렁거리는 하얀 물살이 손짓했다. 새로운 세계로 어서 가자고.

7
충실한 사냥개

    3.1 거사 후 일본은 깜짝 놀랐다. 조선의 꿈틀거림이 상상을 초월할 정도로 커서 비상이 걸렸다. 학생부터 고관, 농부, 장사꾼 등 전 조선인이 직업, 성별, 종교, 신분에 상관없이 한마음이 되어 만세운동에 참여했다. 조선 역사상, 아니 한반도가 생겨나고 처음 있는 일이었다.

    해외로는 일본 동경에서 시작하여 간도와 연해주, 미주, 구미 대륙 등 조선 동포가 있는 곳이면 어디서나 독립만세운동이 들불처럼 번졌다. 오늘은 평양에서, 내일은 의성에서, 다음 날은 고창 등 이북, 이남으로 우후죽순처럼 퍼져나갔다. 그들은 독립만세를 외치고 자주 국가를 염원했다.

    놀란 조선총독부에서는 진압을 위한 지역별 대책회의를 열었다. 회의에서 지역경찰과 헌병대장을 모아놓고 의장이 일장 훈시를 했다.

"지금 정신 나간 조선인이 황국신민의 고마움도 모른 채 폭동을 일으키고 있스므니다. 이참에 대일본제국의 호의에 감사할 줄 모르는 어리석은 조선인의 정신을 철저히 개조시키도록 하시오. 그래야 우리의 식민정책이 예정대로 순항할 것이오. 우리의 호의를 저버리는 배은망덕한 조선인들의 폭동에 대일본제국은 더는 참을 수가 없소이다."

그 후 경찰대장이 각 지부장을 모아놓고 말했다.

"지부장님들, 좋은 사냥감이 도처에 널려있다 아니므니까?"

모두 눈치를 보며 고개를 끄덕였다.

"그러니 쓸 만한 사냥개를 준비한다. 이것이 사냥의 원칙 아니겠스므니까?"

지부장들이 그때서야 알아듣고 일제히 허리를 직각으로 굽혔다.

"하이! 지당하신 말씀이므니다."
"에헴, 3.1 거사 당일만 해도 감옥에 처넣은 자가 수십 명이외다. 반일단체가 40여 개나 되니 맛난 사냥감이 어마어마하므니다. 우리가 키운 조선 프락치들, 그 사냥개들을 잘 구워삶아 이용할 적기라 생각하므니다."

"네, 잘 알겠스므니다. 그렇고말고요."

"한 번씩은 질퍽한 괴기덩이 던져주는 것도 잊지 마시오."

지부장들이 역시 의장님이라며 아부와 충성을 표했다. 대책회의를 하는 중에도 간간이 만세운동이 발발했다는 보고가 들어왔다. 일본경찰과 헌병 등의 부상자, 그리고 조선 민간인의 희생자 숫자 역시 보고되었는데, 그때마다 의장은 눈살을 찌푸렸다. 산발적인 만세운동으로 전국이 술렁이고 있었다. 이번 사태가 거국적으로 일어나고 있다는 사실이 더욱 당황스러웠다. 일본에 모자란 병력을 추가로 요청해야만 할 상황이었다.

"이번엔 반드시 조선독립의 싹을 싹둑 잘라야 후환이 없을 것이므니다."

총독부는 3.1 거사 제압에 공을 세우는 자는 우대 및 특진을 보장한다는 공문을 내렸다. 훈시를 듣던 조선 프락치들이 합세해 소리쳤다.

"맞스므니다! 조선인은 독해서 그대로 두면 한없이 기어오를 게 뻔하므니다."

미나토 상도 다음 날 지부회의에 참석하라는 통지를 받았다. 미나토
는 용술의 일본 이름으로, 감옥 청소를 하던 시절 일본 간수가 붙여준
이름이었다. 미나토(일본어, 항구)처럼 일본에 도움이 되는 큰 인물이 되
라면서 말이다.

뒷전에서 사환처럼 시키는 일만 하던 용술은 하늘로 둥실 솟아오르
는 느낌이었다. 하이칼라 머리를 포마드로 쫙 올려붙인 채 거울 앞에
서서 앞뒤 모습을 살펴보았다. 도리구찌를 살짝 흔들어 올리며 무희처
럼 인사도 해보았다.

"하이! 저는 미나토올시다. 더욱 충성하여 미개한 조선에 개화된 대
일제국의 문물을 전파할 사명을 갖고 일하겠스므니다."

'뾰족 세운 앞머리가 아까우니 도리구찌는 한 손에 들고 가는 게 낫
겠는데.' 미나토 상은 가슴이 터질 것만 같았다. 그동안 부지런히 배운
일본어가 빛을 발할 순간이다. 반짝이는 구두 앞코에 입도 맞췄다. 앗
차, 놓고 갈 뻔한 종이 뭉치도 소중한 듯 서류가방에 챙겨 넣었다.

가슴을 활짝 펴고 새 출근지로 향했다. 새 양복에 발걸음마저 새털
처럼 가볍다. 신작로를 건너고 오솔길로 들어섰다. 그 길 위로 커다란
나무가 바람에 흔들렸다. 새들이 꾸르륵거리며 구애하듯 쌍으로 날아

다녔다. '새 직장이 생겼으니 저 새들처럼 내가 좋아하는 분이한테 연애를 청해볼까?' 생각만으로도 날아갈 듯 좋다. 분이가 이런 모습을 보면 당장 "오빠, 사랑해"가 나오겠지. 바로 그때 새 한 쌍이 후드득 날아가며 뭔가를 투두둑 떨어뜨렸다.

"으윽, 저 망할 놈의 새!"

미나토 상의 머리에 새가 싼 물똥이 정통으로 떨어졌다. 놀란 나머지 자기도 모르게 손에 든 도리구찌 모자로 그걸 털어댔다. 물똥이 어깨로 떨어져 기껏 갖춰 입은 양복이 엉망이 되고 말았다. 빨리 씻어야겠는데 물 한 방울 보이지 않는다.

절로 발이 동동 굴러지지만 방법이 없다. 거의 회의시간이 다가오고 있었다. 첫날부터 지각할 수는 없지. 냄새는 어찌할지 가슴을 쥐어뜯으며 걸었다. 머리 위에 도리구찌를 살짝 얹고 회의장에 가야 할 모양이다. 뽐내려던 하이칼라 머리도 망친 판에 냄새나 안 풍겨야 할 텐데.

회의장 문을 열고 들어서자 지부장이 기다리고 있었다며 그를 맞아 주었다. 긴급대책회의 의장과 양복을 쫙 빼입은 관리들이 이미 착석해 있었다. 그중에는 조선인처럼 보이는 사람도 더러 보였다. 그들의 눈길이 일제히 미나토에게 쏠리자 지부장이 먼저 소개했다.

"이 사람으로 말할 것 같으면 신단원인 미나토 상이오."

"처음 뵙겠스므니다. 잘 부탁드리므니다."

미나토가 지부장 앞에 서서 허리를 직각으로 굽히는 순간 모자가 휙 벗겨지고 말았다. 허겁지겁 모자를 집으러 꾸부린 그의 머리를 본 사람들이 수군거렸다.

"으윽, 이상한 것이 머리 위에!"
"으윽, 냄새!"

사람들이 코를 틀어막았다. 미나토는 아무런 눈치도 못 챈 채 허겁지겁 도리구찌를 주워 들고 자리에 앉았다. 지금 그의 머릿속에는 미루가 흘린 반일전단지 생각이 가득했다. 그걸 지부장에게 보여주면 큰 공을 세웠다고 칭찬받을 게 뻔하지. 어서 그것을 보여주고 싶어 마음이 급하다. 가방을 만지작거리다 전단지 뭉치를 꺼내든 채 지부장 앞으로 다가갔다. 지부장이 물었다.

"무슨 일인가?"
"여기 아주 중요한 걸 입수했스므니다."
"지금 이 긴급회의보다 더 중요한 안건이란 말인가?"

사실 조선총독부의 독촉을 받은 지부장은 신경이 날카로운 상태였다. 미나토는 멋쩍어하며 머리를 긁적이더니 전단지를 들어 지부장에게 내밀었다. 지부장이 투덜댔다.

'앞뒤도 모르는 이런 돌대가리가 있나?'

그걸 쥐자마자 지부장은 벌쒼 놈처럼 전단지를 공중에 내던질 수밖에 없었다. 손에 끈적이며 달라붙던 새똥 묻은 전단지가 사람들 위로 춤을 추며 떨어졌다. 사람들은 그걸 피하려고 안절부절못하고, 지부장은 손을 털며 발을 굴렀다. 삽시간에 회의장은 난장판이 되었다. 그때서야 상황을 파악한 미나토는 어쩔 줄 몰라 도리구찌만 쥐었다 놓았다 했다. 지부장이 미나토 옆으로 다가와 소리쳤다.

"오늘 회의는 너 때문에 다 망쳤다! 창문 열고, 빨리 씻고 오지 못하겠스므니까!"

사람들이 웅성거리며 창문을 열었다. 미나토는 바닥을 기어 다니며 전단지를 모아 지부장 책상에 다시 올려놓았다. 지부장이 눈살을 찌푸리며 전단지를 통째로 미나토에게 내던졌다.

"조선말로 쓰인 이런 불순한 전단지를 어쩌자고 그렇게 많이 가져온 거야?"

"아, 죄송합니다. 저는 그냥….."

지부장이 씩씩거리며 미나토의 얼굴에 삿대질해댔다.

"우리가 조선인에게 훌륭한 우리 국어만 쓰게 하는데 어떤 노므가 이런 쓰레기 같은 조선말 전단지를 뿌리는 거야? 누가 읽는다고?"

그때 구경만 하던 의장이 슬그머니 다가왔다.

"옳으신 말씀! 이런 조선말 전단지를 퍼뜨리는 자는 일본의 대역죄인이지요."

미나토는 죽을죄를 지은 것만 같아 굽실거렸다. 의장이 한마디를 덧붙였다.

"지부장, 그럴수록 살살 다루어야지요. 저자는 대일본제국의 유능한 프락치가 아니므니까?"

지부장이 주춤거렸다. 미나토는 의장 앞으로 다가가 180도로 허리를 굽혔다.

"죄송하므니다. 제가 책임지고 전단지 임자를 찾아 데려오겠스므니다."

미나토는 미루를 마음에 두고 회심의 미소를 지었다. 이제 미루를 잡아들이는 건 시간문제라면서. 지부장이 소리쳤다.

"미나토 상, 오늘의 불상사를 만회할 기회를 주겠다. 한 치의 착오도 없도록 행하시오. 특히 경성제대 의대생들이 활개를 친다니 무슨 수를 써서라도 잡아 오도록. 배운 놈들이 항상 문제 아니므니까."

미나토 상은 깍듯이 절을 하고 자리에 앉았다. 다른 사람들도 모두 착석했다. 마음을 가라앉힌 지부장이 개시 강연을 시작했다. 환등기에서 행진곡과 함께 화려한 그림이 펼쳐졌다. 일본 잡지 《모던일본 조선판》의 한 장면이었다. 그곳에는 '경성역 앞에서 황국의 출정을 환영하는 조선 여성들의 감격에 찬 환영장면'이라는 사진글과 함께 '내선일체정화'라는 표제어가 펄럭였다. 회의장 안의 사람들이 감격한 듯 손뼉을 쳤다. 지부장이 환등기를 잠깐 멈춘 채 전단지를 펄럭이며 흔들어댔다.

"우리 사라므가 국어를 써야지. 어디 조선말이 판을 치느냐 말이다. 이 전단지를 만든 노므를 꼭 찾아 족쳐야 하므니다. 조선말 씨앗을 한

톨이라도 그냥 놔두면 잡초처럼 우거져 처치 곤란해요. 조선말은 놈들 정신까지도 지배하는 무서운 언어 아니므니까."

미나토를 포함한 조선 프락치들이 주먹을 쥐며 응수했다. "옳소"라고 소리치면서. 지부장이 말했다.

"그나마 이응노가 잡혔으니 공범을 다 불도록 고문을 해보겠스므니다."

이응노는 한독단 대장 이 선배로, 거사 당일 현장에서 잡히고 말았다. 만세삼창 때 앞에 나가 외치다 그곳을 덮친 일본순사에게 즉석에서 체포되었다. 그 후 3.1 거사 주모자들과 함께 감방에 갇혀 고문과 구타로 만신창이가 되었다. 발 빠른 현우는 거사 당일 미루를 구한 뒤 어디론가 사라졌다. 한독단 단원들은 그렇게 뿔뿔이 흩어졌다.

미나토는 미루가 죽도록 미웠다. 이번 전단지 사건도 미루 때문에 엉망이 되었다며 이를 갈았다. 미루는 그가 승진할 기회를 가로막는 버러지 같은 존재였다. 어려서부터 샌님처럼 공부를 많이 한 미루는 질투의 대상이기도 했다. 못 오를 나무는 쳐다보지도 말라지만 서로 어린 시절 불알친구 아닌가. 그러니 그들은 대등한 관계이기도 했다.

그가 지부장을 찾아가 뭔가 속닥이며 밀담이 무르익었다. 지부장은 뻐드렁니를 드러내고 비열하게 웃으며 굽실거리는 그의 머리를 쓰다듬으며 뱀 같은 미소를 질질 흘렸다.

'흐흐, 좋아 좋아. 조선 놈들은 한번 물면 절대 놓지 않는 충실한 사냥개라니까.'

미나토가 임무를 띠고 해주에 도착할 시각, 미루는 이미 압록강 물살을 타고 있었다. 뱃전에 부서지는 하얀 포말이 불안한 미루를 하염없이 어루만져 주었다.

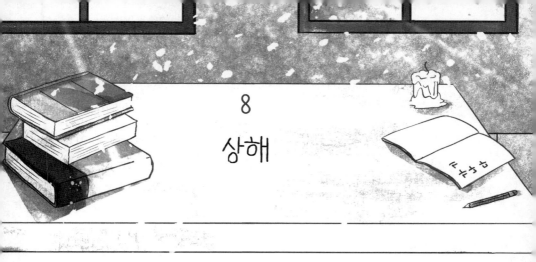

8
상해

오랫동안 열차에 시달리다 내린 상해의 밤은 눅눅하고 비릿했다. 여러 나라의 음식 냄새와 서로 다른 언어들이 경쟁하듯 밤공기를 휘감았다. 왁자지껄한 소음에 떠밀려 미루는 항상 그를 뒤따르던 미행의 눈길을 잠시 잊었다. 탈출에 성공했다는 안도감을 느끼고 싶어 온몸을 느긋하게 펴보기도 했다.

거리는 차량 경적과 인력거꾼들의 호객행위로 정신이 없었다. 다국적 종족들의 전시장인 게 밤중인데도 느껴졌다. 언젠가 한독단 동지들끼리 상해 이야기가 나왔을 때 이 선배가 말했다.

"거기선 정신 똑바로 차려야 해. 뻔히 눈 뜨고도 코 베이는 세상이래."

열차에서 내린 미루는 두리번거리며 사공이 준 종이쪽지를 챙겼다. 짐을 옆구리에 낀 채 다른 손에 주소를 들었다. 그리고 희미한 불빛에 의지해 읽어보려 안간힘을 썼다. 어둠 속에서 인력거가 덜컹 서더니 미루 손에서 종이쪽지를 받아 살폈다. 인력거꾼이 고개를 숙인 채 말했다.

"이 주소로 모시겠스므니다."

도리구찌를 쓴 인력거꾼은 일본사람 같았다. 미루가 인력거에 앉자마자 인력거가 덜컹거리며 달리기 시작했다. 낯선 여인들의 모습이 불빛에 스친다. 아오자이를 입은 안남(베트남) 여인, 사리를 펄럭이며 걷는 인도 여인, 허벅지까지 찢어진 치파오 차림의 만주족 여인, 한복 차림의 조선 여인도 지나간다. 그 옆으로 기모노를 입고 오리걸음을 뒤뚱거리는 여인의 집은 어디일까?

인력거꾼이 힐끗 뒤를 본다. 주소가 조선사람들이 주로 가는 황포강 숙소인데, 동그란 안경이 혹시 미루가 아닐까, 하며 중얼거린다.

야경에 취한 청년의 곱상한 얼굴을 힐끗 돌아본다. 윤곽이 미루와 너무 비슷하다. 그를 잡으러 해주까지 쫓아갔었지. 허탕 친 일이 생각나 속이 부글거린다. 상해에 온 지 며칠 만에 미루를 만난다면 천우신조가 아닐까. 이를 갈며 인력거를 쥔 손에 불끈 힘을 준다.

'미꾸라지 같은 놈, 두고 보자. 내 예상대로 드디어 상해에 왔군. 너를 이용해 임시정부 정보를 물어와야지. 한글 독립군들 행방은 물론이고.'

조선총독부에서는 지부 차로 그를 압록강까지 데려다주었다. 그 덕에 미나토는 상해에서 벌써부터 인력거를 끌고 있었다. 인력거는 익숙하게 덜컹거리며 어두운 길을 달렸다. 울퉁불퉁 골목길을 요령껏 빠져나가 빨간 벽돌집 앞에서 멈추었다. '황포강 숙소'라는 중국어 팻말이 보인다. 숙소 안에서 주인여자가 나오며 "미나토 상, 셰셰!"라고 소리쳤다. 미루의 중국 동전을 받아든 인력거꾼은 모자를 눌러쓴 채 골목을 돌아나갔다. 여자가 말했다.

"참 부지런한 인력거꾼이에요. 한국에서 오는 손님을 잘도 모시고 온다니까. 그나저나 선생님, 우리 집에 오신 걸 환영해요."

미루는 그녀를 따라 한 칸짜리 닭장만 한 방으로 들어섰다. 답답한 감옥소 같아서 손바닥만 한 창을 열어 숨을 들이켰다. 창밖에서는 다국적 여인들의 옷자락에서 풍기는 듯한 향수 냄새가 몰려왔다. 마늘, 카레, 두반장 냄새가 뒤섞인 묘한 이국의 냄새까지 들어오자 비위가 약한 미루는 갑자기 어지럼증이 일었다. 잠깐 비틀거리며 창틀에 기댔다. '익숙해져야 해, 제발. 한동안은 함께해야 할 냄새들인데.'

다음 날 상해 거리로 나선다. 눈이 부시다. 조선에서는 상상도 할 수 없던 여인들의 의상 전시회장에 온 듯하다. 그들은 남성도 여성도 침략군의 눈치도 볼 필요 없는 이곳이 얼마나 좋은지 알고 있을까? 미루는 어느새 여인들의 의상을 머릿속에 스케치하고 있었다. 그의 눈에 보이는 새로운 것은 무엇이든 그림이 되고 글이 된다. 미루는 고개를 흔들어 생각을 잠재운다.

'내가 지금 이렇게 나태하게 돌아다닐 때가 아니야. 부지런히 서예를 하고 그림을 그려야지. 몇 점이라도 팔아야 유럽에 갈 여비를 모으지.'

그는 낯선 듯 낯설지 않은 상해의 다양함이 좋다. 어려서부터 일본 순사에게 당하기만 하는 거리풍경에 익숙한 터라 생기 어린 상하이 풍경에 눈이 번해진다. 미루의 허파에도 해방의 바람이 일렁인다. 많이 배우라던 어머니의 말씀이 귓전을 두드린다.

'어머니, 저는 벌써 자유의 바람을 배웠나 봅니다. 너무 빠른가요?'

수십 개의 언어가 제각기 다른 몫으로 외쳐대고, 프랑스, 미국, 일본, 러시아 등 각국 구역 안에서는 제각각의 음모가 벌어지고 있었다. 잡아먹든 잡아먹히든 그곳은 두 개의 얼굴을 지닌 야누스가 모여드는 불법 동물원 같았다.

현실과 비현실, 진실과 허구가 공존하는 그곳. 몸을 숨기기에 적격이며, 자신을 드러내기에도 천국이다. 거리의 가게에서는 유대계 독일 음악가가 피아노 교습소를 차리고, 러시아인 매춘부가 버젓하게 개인 사업을 열며, 미국인은 사기 치기에 바쁘고, 조선에서 온 도망자는 일본에서 보낸 자객을 피해 다니느라 정신이 없다. 뒷골목에서는 총과 칼이 난무하고, 적국의 스파이 소탕에 총성이 끊이지 않는다. 누가 추격자고 누가 도망자인지 아리송한 곳이다.

미루는 서둘러 이 괴물의 도시에 적응하자고 작정했다. 어차피 자신은 도망자 신분으로 홀연히 이곳을 떠나 계속 도망쳐야 할 몸이다. 자신에게 주문을 넣었다.

'인생은 혹독하니 두려움을 없애야만 해. 약골로 태어난 건 운명이라지만 정신세계는 얼마든지 내 의지로 개척할 수 있다.'

황포강의 우렁찬 뱃고동 소리가 난장판을 잠재우듯 도시를 흔들고 지나간다. 미루는 눈을 들어 펄럭이는 선박의 깃발을 보았다. 배가 떠나기 시작하자 하얀 물살이 인다. 그 물살을 보니 압록강을 건널 수 있게 도와줬던 턱수염 허연 뱃사공이 떠오른다. 그가 말했었다.

"어서 가시오. 당신은 조선을 위해 큰일을 할 사람이오."

이상하게도 그때 그 말이 줄곧 미루를 놓아주지 않는다. 미루는 눈을 감는다. 갑자기 아기 칭얼대는 소리가 귓전을 때린다. 눈을 뜨니 거지 아이 둘이 엄마 옷을 잡아당기며 날카롭게 울부짖는다. 엄마는 아이들 손을 잡고 도망치고, 어떤 일당은 그들을 쫓는다. 미루는 여자가 불쌍해서 몸을 떨었다. 그러다 자신을 책망하며 울부짖는다.

'저 여인이 불쌍하냐? 미루, 너도 저 여자처럼 압록강을 건너 이곳까지 도망쳐 왔어. 나라를 잃고 상갓집 개처럼 떠도는 조선인, 바로 그게 너야!'

미루는 정신을 차리자며 가슴을 쓸어내렸다. 조선을 떠난 망명자들은 시베리아에서는 러시아인, 만주에서는 중국인, 하와이에서는 미국인, 대만에서는 일본인으로 국적을 바꿔가며 임시체류자로 떠돌았다. 서너 개의 국적을 가졌지만 정작 제 나라인 조선 국적은 갖지 못한 비참한 도망자들이었다.

황포강을 지나 계속 남쪽으로 걷다가 화방이 모여 있는 곳에 이르렀다. 상해는 국제도시답게 찻집과 화랑을 겸한 미술작품을 팔고 사는 곳이 많았다. 조선에서는 별로 못 보던 풍경이었다. 미루는 소개를 위해 자기 작품 한 점만 챙겨 갔는데 사람들 반응이 의외로 뜨거웠다. 식민지가 된 조선에 대한 연민 때문인가도 싶었으나 하는 말을 보니 그건 자격지심이었던 모양이다. 한자와 수묵화 그림이라 미루가 중국인

작가일 거라고 짐작했나 보다. 화방주인이 신이 나 소리쳤다.

"셰셰. 사람들이 당신 수묵화와 붓글씨를 아주 맘에 들어 해요. 다음에는 여러 점 가져오도록 하세요. 이거 대박 날지도 모르겠는데."

미루도 신이 나 소리쳤다.

"셰셰. 저는 조선사람입니다. 다음에는 수묵화와 조선 붓글씨를 가져올게요."

미루는 너무 기뻐 화방주인에게 몇 번이나 절을 했다. 거대한 도시 상해에서 자기 작품을 알아주는 사람이 있으리라고는 상상하지도 못했다. 그림과 글로 돈을 벌 수 있다니 신세계가 따로 없었다.
독일로 갈 꿈이 목전에 다가온 듯 가슴이 설렜다. "신세계다!" 크게 외치며 황포강 바람 속을 내달렸다.

9

작은 조선

'상해임시정부 개회식에 참석 바람'

외출에서 돌아오면서 미루는 문 밑에 끼워져 있는 종이쪽지를 발견했다. 그토록 바라던 임시정부 소식이다. 감격으로 가슴이 두근거리고 떨렸다. 그런데 이상한 일이다. 어떻게 이곳 주소를 알았을까? 압록강을 떠난 이래 아무도 만나지 않았는데 벌써 신원이 노출되다니! 가슴이 덜컹 내려앉았다.

누군가가 미행한다는 느낌이다. 만난 사람이라고는 도착 첫날의 인력거꾼과 오늘 화방주인뿐이다. 좀 전에 처음 만난 화방주인이 밀고자일 수는 없다. 그렇다면 그 인력거꾼이? 첫날 미루는 인력거꾼의 뒤

통수조차 제대로 보지 못했다. 미루가 숙소에 내리자마자 그는 서둘러 돌아갔다. 숙소의 노모가 그 뒤에 대고 소리쳤다.

"셰셰, 부지런한 미나토 상!"

그렇다면 그는 일본인이다. 좀 찝찝하기는 하지만 어떤 혐의점도 없는 셈이다. 쪽지를 자세히 보니 발신처가 '상해조선인단'이다. 이 단체는 상해에 출입하는 조선인들의 명단관리와 함께 신변보호를 위한 경찰 노릇을 한다고 들었다. 그렇다면 미루가 벌써 한국인 명단에 올라 있다는 건데, 정말 놀라웠다.

'아니, 숙소로 안내 쪽지가 온 거다. 그렇다면 황포강 숙소가 상해조선인단과 연결되어 있는 게 분명해.'

미루는 괜한 의심을 한 자신이 한심했다. 그러면서도 항상 경계를 풀지 말자고 스스로 다짐한다.

"미루야, 좀 더 대범해져야지."

압록강 건너 상해라는 곳에 '작은 조선'이 있다는 게 반갑고도 무서웠다. 이곳에 일찍부터 둥지를 튼 강인한 조선사람들의 기상이 존경스럽다. 정치적 망명자 혹은 가난을 피해 조국을 떠나온 자들이 더 나은 삶을 위해 안간힘을 쓰면서, 이곳에 피눈물 어린 '작은 조선'을 일구고 있었다.

김구 선생은 일제의 신민회 탄압 때 15년의 옥고를 치르고 상하이로 망명했다. 그분을 중심으로 임시정부를 위해 모인 단체가 점점 커졌다. 미루처럼 3.1 거사 때 쫓겨 고향을 떠난 애국투사들에게 상해는 첫 피난처였다. 또 미국이나 러시아, 중국에서 망명생활을 하는 반일투사들도 이곳으로 속속 모여들고 있었다.

드디어 임시정부 개회식 날이다. 미루는 흥분에 쌓여 가슴이 설렜다. 이런 독립투사들을 가까이서 만나게 되다니 억세게 운이 좋은 게 분명하다. 프랑스 구역으로 모여드는 사람들을 따라 모임 장소에 도착했다. 벌써 기쁨과 긴장에 가득 찬 조선사람들이 하나둘 모여들고 있었다. 임시정부 개회식 전에 독립투사들을 만나니 광복에 대한 의지가 더욱 불타올랐다.

임시정부 주석인 김구 선생의 연설은 깊이와 힘이 있었다. 3.1 거사의 큰 역할을 상기시킬 때는 가슴이 벅차올랐다. 미루도 거사 현장에서 독립을 외치던 순간이 떠올라 가슴이 뜨거워졌다. 젊은이들은 백범의 연설을 한마디도 놓치지 않으려 애썼고, 그의 연설은 젊은이들을 하나로 모으기에 충분했다.

"나에겐 아무런 병력도 없습니다. 필요한 건 오직 한 가지! 한없이 나약하고, 더없이 강한 나의 유일한 무기는 사람이외다."

젊은이들 각자가 백범 선생의 무기가 되기를 소망하며 주먹을 쥐었다.

"우리에겐 광복을 위한 지식이 필요합니다. 그래야 나라가 강해집니다. 문화강국만이 나라를 살릴 수 있어요. 문화 수준이 높은 민족이 낮은 민족에 영원히 굴한 역사는 없습니다. 이 판도를 바꿀 그 날이 반드시 오고야 말 것입니다.".

김구 선생은 미루가 어릴 때 어머니와 나누던 문화강국을 이야기했다. 미루는 고개를 끄덕이며 백범 선생에게 빠져들었다.

"3.1 거사는 우리 조선독립의 큰 획을 그은 무혈혁명의 시초였소. 이 거사로 조선사람들은 앞으로 자주독립에 대한 의지를 절대 꺾지 않을 거요. 오늘처럼 조선 밖에서 힘을 키워 자주독립을 이룰 그날을 위해 나아갑시다!

고단한 젊은이들의 심정을 나는 잘 압니다. 용광로처럼 들끓는 상해의 유흥과 향락에 쉽게 녹아들지 마시오. 현실도피자가 되고 백수건달이 되어 망하는 자도 많습니다. 우리가 어떻게 여기까지 왔습니까? 빼앗긴 나라를 찾기 위해, 혹은 나라와 상관없는 삶을 살기 위해 떠나온 자들도 있습니다. 뜻이야 어떻든 현실은 혹독합니다. 해외 어느 나라에 든 가서 배울 수 있는 사람은 무엇이든 배우시오. 그것이 바로 국력이 외다. 직장을 잡고 생계를 꾸리며 앞날을 설계하시오."

김구 주석은 방황하며 암담했던 미루 앞에 환한 빛을 비춰주었다. 미루는 가슴이 뜨거워지며 자신감으로 충만해졌다.

'그래, 빨리 떠나자. 내 목표가 독일인 이상 그곳에서 배워야 한다. 배움이야말로 식민지를 벗어날 수 있는 가장 빠른 길이다.'

미루는 벌써 가슴이 쿵쿵 뛰었다. 태어나 처음 느껴보는 커다란 흥분이었다.

'남자는 집 떠나고 나라를 떠나 큰물에서 놀아야 큰일을 한다더니!'

미루가 고개를 끄덕이는데 누군가가 어깨를 쳤다. 돌아보니 현우가 아닌가. 3.1 거사 현장에서 어수룩한 미루가 도망갈 수 있도록 길을 터 줬던 용감한 친구. 그는 그날 미루의 반대쪽으로 갔고 그쪽에서 총소 리가 났다. 현우가 뛴 쪽이라 불안감이 치솟았으나, 미루도 도망가 는 사람들에 싸여 지체할 수가 없었다. 둘은 으스러져라 껴안았다. 살 아있다는 기쁨에 살이 떨렸다. 미루가 울먹이며 말했다.

"자식, 너 살아있었구나! 난 네 덕에 그날 살아난 거야."

"덕은 무슨, 다 네 운이지 뭘."

"그런데 우리가 다시 만나다니! 여기서 뭘 해?"

"난 드디어 최전선에서 내가 원하는 독립운동을 할 수 있을 것 같다. 오자마자 이회영 선생님을 뵈었거든."

"그분은 무관학교를 세우신 대단한 어른이잖아? 진심으로 축하해. 네가 꿈꾸던 일을 할 수 있게 되었으니."

"우리끼리 비밀인데 나 무관학교에 들어가게 되었어. 좀 더 자신을 단련시켜 나라에 도움이 되는 일을 하고 싶어."

미루는 현우를 다시 뜨겁게 안았다.

"현우야, 네가 위대하게 보여. 내가 무관생도가 된 것보다 더 기쁘다."

"그런 소리 하지 마. 우리는 각자 나름대로 열심히 활동하고 있잖아?"

"그래도 난 너처럼 총칼을 들고 용감하게 앞장서지는 못할 것 같아."

"미루야, 어디 무관만 칼 들고 뛴다고 조선이 지켜졌냐? 문관과 무관의 힘이 합쳐져 나라를 구하는 거지. 너는 펜으로 세계만방에 조선의 억울함과 일본의 만행을 알려야 할 의무가 있어."

미루는 고개를 끄덕이며 현우의 손목을 잡았다. 미루가 물었다.

"그런데 이 선배 소식 들었어?"

현우는 잠시 말을 아끼며 한숨을 쉬었다. 이 선배는 3.1 거사 현장에서 바로 잡혀 모진 고문을 받았다. 그는 같이 활동한 한독단원 명단을 대라는 일본경찰의 고문에 굴하지 않았다. 몸이 만신창이가 되어서야 겨우 집에 돌아올 수 있었는데, 고문 후유증으로 꼼짝도 못 하고 두문불출하고 있었다. 현우가 계속 말했다.

"이 선배도 경찰에 잡히지만 않았다면 조선을 떠나고 싶어 했었지. 조선에서 활동하지 못하고 나라 밖을 떠도는 젊은 인재들이 자유롭게 활동할 수 있는 상해 같은 곳이 있어 감사할 뿐이야."
"이 선배도 빨리 이곳을 거쳐 유럽으로 오면 좋겠어."
"그래야지. 상해는 정말 '작은 조선'인 게 확실해. 여기서 잘 움직여 '큰 조선'으로 돌아갈 길을 확실히 쌓아야지."

두 사람은 그날을 만들자며 손을 굳게 잡았다. 천천히 사람들이 모인 곳으로 다가갈수록 용광로처럼 뜨거운 민족적 열기가 품어져 나왔다. 모인 사람들의 얼굴이 흥분과 새로운 희망으로 용솟음치고 있었다. 미루도 현우도 가슴이 뜨거워졌다.

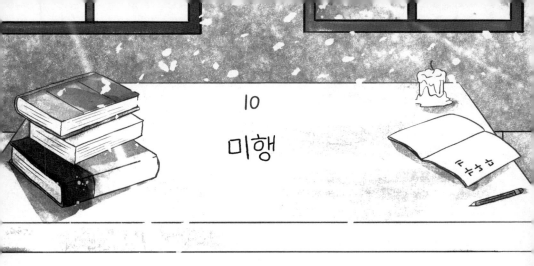

10
미행

"대한독립만세!"

임시정부 행사가 끝나며 선창자가 양팔을 들어 올리며 외쳤다. 천둥 치듯 만세 소리가 상해 프랑스 구역에 울려 퍼졌다. 프랑스 구역에서 임시정부 개회식을 한 것도 일본의 눈을 따돌리기 위함이었다.

조선에서는 만세 한 번 못 부르고 숨죽이며 살았다. 남의 나라에 와서 맘껏 외쳐보는 만세삼창. 먹먹하고 뜨거워진 가슴으로 목이 터지게 독립을 외쳤다. 한참 만에 만세 소리가 사라지고, 사람들은 흥분된 마음으로 몰려나오기 시작했다. 이제 모두 일상으로, 조선인 구역으로 돌아가야 할 참이다.

현우와 미루도 프랑스 구역에서 한참을 더 서성였다. 이제 헤어지면 언제 볼지 모르는 일. 조금이라도 더 오래 함께 있고 싶었다. 미루가 중얼거렸다.

'우리 모두 집도 나라도 없는 떠돌이가 아닌가!'

현우 역시 무관생도 일행과 함께 숙소로 바로 돌아가야 한다. 현우와 미루는 돌아가는 사람들 맨 뒤를 천천히 따라갔다.

이윽고 프랑스 구역을 벗어나는 길이다. 신작로 변으로 여러 대의 인력거가 대기하고 있었다. 인력거꾼들이 프랑스 구역의 조선인 모임의 냄새를 맡은 모양이다. 사람들 뒤를 따라 현우와 미루도 밀려 나왔다. 몇몇은 인력거를 타고 떠나고, 나머지 사람들은 걷기로 작정한 듯 길을 메웠다.

"어서 타세요!"

조선말로 소리치는 인력거꾼들이 다가왔다. 현우가 말했다.

"조선인 모임이 있는 줄 어떻게 알고. 저 사람들도 참 정보 빠르네."
"인력거꾼들은 적어도 세 나라말 이상은 할 줄 안다지. 내가 상해에 도착했던 밤에도 일본 인력거꾼이었거든."

"모시겠습니다!"

"어서 오세요."

인력거꾼이 여기저기서 소리를 쳤다. 몇 사람을 스쳐 지나가다 미루가 앗, 소리를 질렀다. 그곳에 용술이 서있었다. 튀어나온 광대뼈에 돌출한 앞니가 눈에 띄었다. 미루는 순간 제 눈을 의심했다.

"혹시 용술 형 아닌가요?"

인력거꾼도 깜짝 놀라 벌어진 입을 다물지 못했다. 둘의 시선이 다시 마주친 순간 뒤의 인력거꾼이 소리쳤다.

"미나토 상!"

"아, 네!"

망설이던 용술이 쏜살같이 그쪽으로 뛰어갔다. 현우가 미루와 인력거꾼을 번갈아 바라보았다. 고개를 갸우뚱거리며 미루에게 물었다.

"저 사람이랑 아는 사이였어?"

미루도 할 말을 잃은 채 서있었다. 그때 용술이 헉헉대며 돌아왔다.

"응, 나, 나는 돈을 좀 벌어보려고 상해에 왔어. 너는?"

"아, 형은 그랬구나. 나는….""

"어쨌든 어디 살아?"

현우가 미루에게 눈을 끔벅였다. 미루는 현우의 사인에 잠깐 망설였다.

"음… 그게."

미루는 말끝을 흐렸다. 그때 다시 뒤에서 "미나토!"라고 크게 불렀다. 용술이 "하이!"라고 대답했다. 꼬박꼬박 명령에 불려가는 걸 보니 뒷사람이 대장인 듯했다. 용술은 허겁지겁 달리다 뒤돌아보며 소리쳤다.

"언제 꼭 다시 만나자!"

"알았어. 형도 어쨌든 몸조심하고!"

형이라는 말에 용술이 화들짝 놀라는 것 같았다. 현우가 그러는 그의 뒷모습을 보며 말했다.

"저 사람 어떻게 알아?"

"어릴 적 친구야. 일본 제약회사에 취직했다고 들었는데."

"그런데 왜 여기까지 와서 인력거를 끌지?"

"용술이 형 너무 안됐어. 회사에서 잘린 게 아닐까?"

"미루, 본인이나 잘하세요. 어쨌든 별로 유쾌해 보이는 친구는 아니네."

"자네는 그 의심이 문제야. 용술 형은 어릴 적 진짜 친한 내 친구였거든."

미루는 화가 났다. 현우가 경솔하다고 생각했다. '용술 형의 뻐드렁이와 덥수룩한 외모만 보고 사람을 판단하다니!' 현우는 미루 속마음도 모른 채 다그쳤다.

"어쨌든 상해는 도망자와 추격자가 공존하는 곳이라는 걸 잊지 말도록."

"현우, 넌 역시 화끈해. 나라를 구할 무관생도답구나."

"비꼬지 말고. 넌 샌님이라 재차 경고해두는 거다."

"그래, 난 샌님이지."

미루는 기분이 좋지 않았다. '용술 형도 나를 비꼴 때 샌님이라고 놀려댔는데.' 오랜만에 현우에게 또 놀림을 당하고 있었다. 어쨌거나 대장에게 허겁지겁 불려가던 용술 형을 생각하니 마음이 짠했다. '분명히 대장이 용술 형을 미나토라고 불렀겠다?' 상해에 도착한 날 인력거

꾼 이름도 미나토였는데. 미나토라는 이름이 정말 흔하긴 흔한 모양이
다. 그의 차림새도 영 구차하게 보였다.

'어려서 고생한 사람은 나이 들어서도 헤어나지 못하는 건가?'

그래도 만리타국에서 모처럼 만난 소꿉친구였다. 미루는 자기 일보
다 용술을 먼저 걱정하고 있었다. 군인이 되고 싶다던 그의 말이 떠올
랐다. 어쩌면 그도 현우처럼 무관학교에 들어가려고 여기서 험한 일을
할지도 모른다. 현우가 부르는 소리에 미루는 정신이 들었다.

"미루, 우린 오늘 이 행사에 참여하려고 학교에서 특별히 단체로 온
거야."

"그런데 거기서는 계속 병기 훈련을 받는 건가?"

"물론 군사 과목이 중요하지만 모두 12개 과목을 공부해. 지도자가
알아야 할 덕목이야. 지리, 역사, 독서, 체조, 산술, 창가와 한문 등이
지."

"와, 독서까지? 대단히 다양한 과목을 공부하는구나. 교과서는 한글
인가?"

사실은 교재로 쓰는 책들이 모두 한글책이라고 했다. 일제의 금서목
록으로 지적되어 탄압을 많이 받았다. 일본순사가 학교를 급습하는 날

이면 국문 교과서를 모조리 빼앗기기도 했다.

"미루, 너 같은 수제가 들으면 좋아할 과목들이 더 있어. 수나라와 싸워 고구려를 승리로 이끈 을지문덕, 이순신 장군 이야기, 그리고 거북선의 우수성까지 공부하는 과목들이지. 지금은 임진왜란을 공부하는 중인데 처음으로 역사 공부다운 공부를 하고 있다는 자긍심이 들어."

"와우, 부럽다. 조선에서는 우리의 역사까지 일본어로 공부해야 하는 신세잖아."

순간 미루는 무관학교에 가고 싶다는 열망이 솟구쳤다. 그러나 곧 자신을 누르며 다그쳤다. '무관학교가 총과 칼에 재능과 열정이 없는 나 같은 사람에게 열린 학교는 아닐 테니까.' 현우가 말했다.

"더 대단한 것은 무관학교에서 주시경 선생이 쓰신 《말의 소리》라는 책을 공부한다는 사실이야. 그야말로 우리 국어 문법을 정통으로 배우는 거다. 너 같은 친구에게 꼭 필요한 공부인데. 네가 옆에 없어 아쉽다."

미루는 가슴이 뛰었다. '무관학교에서 배우리라고 상상하지도 못했던 국문 문법을 배우다니!' 정작 조선에서는 구하지도 배우지도 못하게 탄압받는 금서를 조선 밖에서 공부하고 있었다. 그렇게 국문을 이어가는 청년들이 부럽고도 자랑스러웠다. 현우가 말했다.

"미루야, 너는 세상 만방에 나가 우리의 억울함을 만천하에 퍼뜨려야 해. 그러는 데 필요한 건 총칼이 아니라 언어와 정신적인 무장이지. 너는 잘 해낼 수 있을 거다. 우리가 언제 다시 만날지 모르지만 각자의 위치에서 성공하여 조선에서 꼭 재회하는 거야."

미루는 현우에게 《말의 소리》를 한 권 구해서 독일로 부쳐달라고 부탁했다. 독일에 정착한 후 곧 주소를 보내주겠다며. 일제 감시가 없는 독일에서 마음껏 한글 공부에 힘을 쏟아보고 싶었다. 현우가 말했다.

"좋아. 독일에 가서도 네 능력을 잘 펼치리라 믿어."
"무슨 공부를 하게 될지는 모르지만 뭔가를 배우리라는 것 하나만은 확실해."

미루는 불확실한 미래에 승부를 걸어보겠다고 다짐했다. 현우도 무관학교 주소를 적어주었다. 둘은 헤어지며 "나라에 도움이 될 자신을 자랑스러워하자"라며 굳게 손을 맞잡았다.

*

용술은 인력거를 끌면서 속이 뒤틀렸다. 대장 다나까가 하필 그때 부를 게 뭐람. 그렇게 노리던 미루가 눈앞에 있었는데 왕건이를 놓치고 말았다. 틀림없이 미루와 함께 있던 청년도 한독단인 게 분명했다. 미루와 달리 기골이 장대하고 힘 좀 쓰게 생긴 청년이었다. 그 녀석과 미루를 한꺼번에 잡을 수 있다면 대박이다.

3.1 거사 후 일본경찰은 '한독단'을 이 잡듯 제거하기로 했었다. 잡힌 이응노는 모진 고문에도 결코 동료들을 불지 않았다. 나머진 모두 상해로 뛴 게 분명했다. 이걸 눈치챈 미나토가 애원했다.

"지부장님, 저를 상해로 보내주십시오. 일본의 최신무기로 조선의 총과 칼은 얼마든지 막을 수 있스므니다. 그러나 놈들의 전단지나 독립선언서 같은 언어의 침투는 교묘해서 도저히 통제가 안 되므니다. 그놈들 싹을 철저히 잘라야 후환이 없을 것이므니다."

지부장이 미나토에게 말했다.

"맞소. 3.1 거사도 한글 독립운동가들 때문에 들불처럼 번진 거니까. 한글전단지와 독립운동 전단지를 퍼뜨리면서 말이야. 전국적으로 언어독립을 주장하는 한독단 가담자들을 씨가 마르도록 잡아들이시오."

"문제는 놈들이 모두 상해로 뛰고 있으니 상해, 상해를 조여야 하므니다."

"좋다! 그대에게 일본영사관에서 상해로 가는 긴급 비자를 받아주겠다. 그 대신에 3.1 거사에 참여한 놈은 한 놈이라도 빠지면 알겠지? 내 명예에 금이 가는 거."

"물론입죠. 명심하겠스므니다."

그때 용술은 미루를 찾아 해주 집에도 갔었다. 미루 어머니가 문밖으로 나오더니 용술이 묻기도 전에 이렇게 말했다. "그 아이가 간 곳을 낸들 알겠나. 운명이 험하여 조선이 그 아이를 그냥 놔두지 않는구나." 용술은 미루 어머니를 더 추궁하지 않았다. 미루가 상해로 튄 게 분명했다. 조선 밖이라면 갈 곳이 상해 말고는 없을 테니까.

미루의 집을 떠나며 이런저런 일들이 떠올랐다. 미루 어머니는 용술이 어릴 적에 굶주린 배를 채워주던 따뜻한 선생님이었다. 미루와 함께 놀던 추억도 떠올랐다. 친동생처럼 함께 놀던 그리운 시간들…. 그러다가 용술은 퍼뜩 놀라 자신을 다그쳤다.

'미나토가 이런 사사로운 감정에 빠지면 안 돼. 네가 맡은 국가적 사업을 훌륭히 완수해야 한다.'

지부장은 서둘러 미나토에게 상해 여권을 쥐여주고, 군용차로 압록강 나루터까지 날라주었다. 그렇게 상해에 도착한 그는 일본지부의 위장 인력거꾼이 되었다. 미루가 상해에 도착하기도 전에 말이다.

현우와 헤어진 미루는 한 번 더 뒤를 돌아보았다. 미행자가 없음을 확인하고 집으로 들어갔다. 현우가 한 말을 곰곰 생각하면서. '이 샌님아, 넌 너무 순진해. 세상을 좀 알아야 해.'

미루는 '미나토와 용술', 두 이름을 오가는 용술 형이 마음에 걸리기 시작했다. 어쩌면 현우 말이 맞을지도 몰랐다. 어서 서둘러 일본군 감시가 없는 나라로 떠나야 한다.

내일 영사관에 가서 미리 신청했던 독일비자를 빨리 손에 쥐어야겠다. 가능한 한 빨리 상해를 뜨는 게 최상의 방법이다. 미루는 담벼락에 붙어 주시하는 인력거꾼을 상상하지도 못한 채 불을 껐다.

이틀 후 새벽, 미루는 유럽행 증기선에 올라탔다. 여러 달, 여러 나라를 거쳐 희망의 나라 독일에 도착할 것이다. 짧은 기간이었지만 미루를 숨겨준 묘령의 도시 상해를 돌아본다. 그간 정이 들었는지 가슴이 먹먹하다.

황포강은 부연 새벽안개 속에 떠있다. 언제 다시 볼지 모르는 편안한 강이다. 압록강이 그랬듯이 지금 이 황포강이 엄마 품처럼 미루를 감싸주고, 강바람은 볼에 흐르는 눈물을 어루만진다.

미행자라는 단어 위에 개구쟁이 용술 형의 얼굴이 겹쳐 자꾸만 어른거린다. 배신이라는 단어가 일렁이고 가슴에서 울화가 치솟는다. "믿는 도끼에 발등 찍힌다더니. 그 아이가 그럴 수가!" 학당 문을 닫던 날,

어머니는 이 말과 함께 한숨을 길게 내쉬더니 더는 말이 없었다.

미루는 눈을 감고 고개를 흔들었다. 이제야 모든 퍼즐 조각이 맞추어진다. 더 이상 미행에 정복당하지 말자 생각하면서도 입술이 부르르 떨렸다. '헛된 추억이여, 이제 그만!'

뱃고동 소리가 뚜~ 울렸다. 증기선이 속도를 내기 시작했다.

II
식탁 위의 한글

독일에 막 왔을 때의 수도원 생활이 떠오른다. 얼마나 불안한 것 천지였던가. 그러나 미루는 서서히 안정감을 찾아갔다. 독일 수사가 볼품없는 동양인에게 베풀어준 친절함 덕분이었다. 또한 뷔르츠부르크 대학에서 독일어를 배운 행운 때문이기도 했다. 곧 하이델베르크 대학에서 의학 공부로 돌입했다.

얼마 후 그는 의학이 자기 길이 아님을 알아차리게 되었다. 학문의 방향을 동물학으로 틀면서 그의 인생은 빛을 발하기 시작했다. 뮌헨대 박사학위를 끝내면서 대학 동료들이나 지식인들과 자주 철학 토론의 자리를 함께하게 되었다. 그러던 중 뮌헨 대학에서 동양학 강의를 하게 되는 행운을 얻었다.

그는 독일어에 천부적 재능이 있었으며 그것은 일취월장했다. 신문사나 출판사에 그의 글을 기고하면서 문학적인 성취감이 다져졌다. 그는 글을 쓰고 강의하면서 떠나온 고국을 그리워했다. 조국이 너무 그리워 때로는 잊자고 안간힘을 썼다. 그러나 세월이 지날수록 그리움과 슬픔은 쌓여만 갔다.

'너무 안락하니 좀이 쑤신다. 내 공부만 하는 것이 능사는 아니다. 뭔가 조국을 위해 할 일을 찾아야 해.'

조선에서 쫓고 쫓길 때는 의욕이 앞섰다. 탄압과 억제 앞에서는 탈출해야 한다는 강한 목표가 있었다. 그런데 느슨한 나날이 미루를 더욱 병들게 하는 듯했다. 그가 긴박함과 긴장 속에서 사는 데 인생의 묘미를 즐기는 인간이었던가 싶었다. 그는 열심히 글을 쓰기 시작했다.

당시 독일 국민들 역시 1차 세계대전을 겪으며 정신적 육체적으로 지쳐 있었다. 가난과 공황의 늪에서 허우적거리며 고통스럽던 그때, 한 줄기 빛처럼 동양의 작은 나라에서 귀골스러운 미남 청년이 나타났다. 코리아라는 가난한 나라에서 온 온화하고 맑은 정신을 지닌 청년이었다. 상처받은 서양 영혼을 어루만지는 동양의 현자 같았다. 그에게서는 맑고 고결한 샘물 같은 언어가 흘러넘쳤다.

뮌헨 대학의 자일러 교수는 첫눈에 미루에게 반했다. 그를 자기 집에 머물게 하면서 양아들처럼 돌봐주었다. 지적이며 명상에 잠긴 듯싶은 하얀 얼굴의 동양 청년을. 심지어 그의 서예와 동양사상에 푹 빠진 주위 지성인들조차 간청했다.

"미루 선생의 코리아 강의를 꼭 듣게 해주세요."
"그분의 서예와 한글도 배우고 싶어요."

그들은 먹을 갈고 붓글씨를 배우며 먼 동양 코리아의 정서를 배웠다. 때 묻지 않은 어린 청년의 수채화 같은 글에 흠뻑 빠져들었다. 미루의 글은 곧 독일신문을 장식했으며 독일문단에 퍼져나갔다. 글은 군더더기 없이 맑고 깔끔했다. 고국 코리아와 고향 해주의 산천 이야기를 담담하고 솔직하게 써 내려갔다. 그의 글은 고등학교 교과서에까지 실리게 되었다. 사람들은 그의 글을 읽으며 눈물을 줄줄 흘렸다. 맑고 투명한 코리아 묘사가 피폐한 그들의 영혼에 맑은 청량제가 되었다.

"당신 나라의 이야기를 더 들려줘요."

지식인들의 모임이 있는 저녁이면 여성들이 미루 주위를 에워쌌다. 어느 날인가 날씨가 추워 두루마기를 입고 간 적이 있었다. 무심한 행동이었지만 기품 있는 동양의 귀골 청년은 신비로운 환상을 뿌려주었다.

그날 뮌헨대 제자인 미아는 동양학 강의를 하는 미루 강사의 온화하고도 지적인 모습에 반하고 말았다. 끝없이 흘러나오는 그의 인생철학에 사로잡혀 그녀는 사랑의 포로가 되고 말았다. 미루 역시 그녀의 도움으로 서서히 삶의 활력을 찾아갔다. 불안과 무기력의 늪에서 벗어나서.

미아는 지인들과 함께 가끔 미루의 고향 이야기를 들었다. 미루가 해주의 맑은 산골을 이야기할 때면 그들은 눈을 감고 청량한 한국의 산천을 그려보았다. 지상에 없는 나라라며 그 먼 나라를 사모하기까지 했다. 자일러 교수는 언젠가는 미루의 나라를 꼭 화폭에 담아보리라 결심했다. 한스는 그러는 아빠 옆에서 눈을 깜박이며 신기해했다.

"미루 형, 그곳에도 눈이 와요?"

미루는 산천에 하얗게 덮인 설국을 이야기해주었다. 얼음을 뚫고 흐르는 약수를 쪽박으로 마시면 이가 시렸다고. 자일러 교수는 동양 나라의 법도를 아들 한스에게 가르쳤다. 한국문화는 조용하고 진지하며 꾸밈이 없다고 했다. 미아는 한국문화의 겸손함을 들으며 미루의 고향을 가만히 그려보았다.

한스는 운율이 있는 한글 문장이 신기한지 미루에게 읽어달라고 졸랐다. 신문에 투고한 글이었다. 미루 역시 계절 묘사에 취해 몇 번이고 읽어주었다.

"봄은 어떤 즐거움을 가져오지?

－ 산에는 꽃이 피고, 뻐꾸기는 계곡에서 노래한다.

　　옳아! 여름에는 무엇이 아름답니?

　－ 가랑비가 밭에 내리고, 담장에는 버들이 푸르다.

　　가을에는 무엇이 아름답니?

　－ 시원한 바람이 들에서 속삭이고, 시든 잎이 나무에서 떨어지고,

　　달이 외로운 뜰을 비춘다.

　　잘했어. 겨울은 무얼 가져오니?

　－ 언덕과 산에 흰 눈이 덮이고, 길에는 아무 나그네도 없다."

　한스와 미루가 그 문장을 낭송하면 자일러 교수도 고개를 끄덕였다. 모인 사람들 모두 파란 눈을 깜박이며 한국을 그리워했다. 너무 맑고 아름다워 수채화를 보는 것 같다고 속삭였다. 미아는 눈물을 글썽이며 미루를 바라보았다. 미루는 미아의 손을 꼭 잡아주었다.

　"미루 선생님, 그렇게 아름다운 나라가 속국이라니 정말 안됐어요."

　한스도 풀이 죽어 미루와 미아를 번갈아 보았다. 눈을 깜박거리며 미루 형을 위로할 말을 생각했다. 미루는 눈물을 보이기 싫어 그냥 안경을 닦는 체했다. 안경을 벗은 하얀 얼굴이 떨고 있었다. 미아가 다가와 가만히 미루의 어깨를 안았다. 부드러운 옷 사이로 고독한 영혼의 슬픔이 그녀에게 전해졌다. 미루는 이내 이자르강을 굽어보았다.

"내가 건너온 압록강도 지금 저 이자르강처럼 말없이 흐르고 있을 거요."

한스는 어른들이 우울한 게 싫었다. 분위기를 돋우듯 명랑하게 소리쳤다. "한글 공부할 시간이에요." 미루는 우울함을 날리고 한글을 가르치기 시작했다. 한글 알파벳을 적고, 자음과 모음을 설명하고, 모두 발음을 따라 했다. 어른들과 한스는 서로 경쟁하며 한글 알파벳을 몇 시간 만에 읽게 되었다. 한스가 말했다.

"이제 나도 읽을 수 있어요. 쓰기는 어려워도 발음이 쉽게 되는걸요."

미루는 신바람이 났다. 독일 친구들이 하루 만에 자모음을 습득하는 게 놀라웠다. 세종대왕이 위대한 분임을 독일에 나와 새삼 느꼈다. 그들이 문장을 더듬더듬 읽기 시작했다. 나이 든 교수까지도. 그리고 신이 나서 한마디씩 했다.

"이제 열심히 한글 공부를 해야겠어요."
"이렇게 배우기 쉬운 과학적인 언어를 공부하지 않는 건 죄악인데요?"
"한글에 대한 격려 고맙습니다. 저도 죄인이 되지 않도록 열심히 가르치겠습니다."
"알수록 신기한 언어예요."

"한국에서는 지금 한국어를 하면 쥐도 새도 모르게 잡혀가는 세상이지요."

"끔찍하게 속국을 만들고 있군요."

"그런 동족을 생각하면 이렇게 살아가는 제가 죄스럽기 짝이 없답니다."

미루는 눈물이 솟았다. 미아가 다가와 손목을 잡았다.

"미루 선생님, 미안해요."

"아닙니다. 한글을 배우겠다는 여러분이 계셔서 저는 정말 행복합니다."

미루는 눈물을 훔쳤다. 아들처럼 여겨주는 자일러 교수 가족과 서예와 한글을 배우는 지인들이 고마웠다. 자일러 교수가 분위기를 바꿨다.

"미루 선생, 오늘도 수고하셨소. 마리아, 어서 저녁식사를 합시다."

"네, 오늘은 뢰스티예요. 오랜만에 베이컨이 들어왔대서 사 왔어요!"

한스 엄마 마리아가 애써 소리를 높였다. 자일러 교수도 소리쳤다.

"와, 고소한 냄새! 한스도 어서 오너라."

"금강산도 식후경이라고요."

미루도 기분이 좋아져 속담을 거들먹거렸다. 한스가 따라 하라고 소리치자 모두 따라 했다.

"큼강산도 시쿠경!"

미루가 신이 나 말했다.

"한국에서 저희 어머니도 감자전을 만들어주셨어요. 비 오는 날에 먹는 감자전은 독일 뢰스티와 비슷해요."

한스가 코를 벌렁거리자 모두 기분이 좋아졌다. 미루는 어머니가 맷돌에 갈아 부쳐주던 따끈하고 고소한 감자전이 눈에 어른거렸다.

"뢰스티는 감자채에 베이컨을 넣고 굽지만, 조선 감자전은 맷돌에 감자만 갈아 만들어 쫀득거려."
"그런 돌이 있어요? 신기하다."

미루는 신이 나 맷돌을 설명하고, 가족들은 먼 동양의 신기한 물건을 그려보았다. 모두 코리아라는 나라를 그려보았다. 한스가 말했다.

"수리수리 마수리. 어떤 감자전이 더 맛있을까요?"

마리아 여사가 미루에게 조선 감자전을 언제 한 번 시연해 달라고 부탁했다. 미루는 그날 미아가 와도 되냐고 물었다. 물론이라며 마리아 여사가 웃었다. 미루는 미아를 다시 만날 기분에 행복했다.

그날 '식탁 위의 한글' 공부는 뢰스티 식감을 표현하는 것, '바삭바삭 쫀득쫀득'이었다. 한스네 식구들이 모두 따라서 발음했다. 고소하고 짭조름한 감자전 맛을 느끼며 모두 행복해졌다.

"바삭바삭 쫀득쫀득."
"이렇게 '호호' 부는 거예요."
"아, 뜨거운 것을 식힐 때 쓰는 말이군요."

모두 합창하듯 따라 했다.

"호호!"
"한글 발음은 어쩜 그리 매력적인지!"

마리아가 거듭 감탄했다. 뜨거운 감자전을 호호 불며 먹었다. 밖에서는 봄을 재촉하는 비가 추적추적 내리고 있었다. 흙 아래서 봄눈 움트는 소리가 사락사락 들려올 것만 같았다.

12
안네는 내 친구

"쾅쾅."

다급하게 문을 두드리는 소리가 꿈속처럼 들린다. 돌아보니 압록강은 멀리 사라지고, 재를 뒤집어쓴 듯 교교한 이자르강이 다가온다. 금방이라도 폭우가 쏟아질 듯 음침하다.

미루는 머리를 흔들며 현관으로 달려갔다. 항상 문 열기 전엔 긴장된다. 귀를 기울이자 숨 가쁜 목소리가 들렸다. "저예요, 저. 한스!" 그제야 미루는 문을 열었다. 한스가 헉헉거리며 미루의 품에 쏟아져 안겼다. 미루는 한스를 잡아 세웠다.

"한스, 오늘은 또 무슨 뉴스를 가져왔기에 그리 숨이 가쁘냐?"

미루는 한스에게서 어린 시절의 자신을 보았다.

"나도 어릴 적에 학당이 끝나면 아이들이랑 항상 골목길을 뛰어다녔지. 너처럼 걸어 다닌 적이 거의 없었어."
"헉헉, 우린 이자르강변 달리기 시합을 했거든요."
"너무 신났겠다."

한스는 으스대며 말했다.

"내가 일등 먹었어요. 유겐트 모임에선 운동 잘하고 힘세면 아이들이 엄청 좋아해요."

미루는 고개를 끄덕였다. 자기는 달리기를 좋아하긴 했어도 항상 꼴찌인 데다가 힘도 약한 약골이었다. 어제도 밤중에 배가 아파 진땀을 흘리며 괴로워했지 않은가. 그나마 오늘은 씻은 듯 나아 책을 읽을 수 있으니 감사한 일이다. 미루가 다시 물었다.

"그런데 유겐트 모임이라고 그랬니?"
"쉿, 비밀! 엄마 아빠는 그걸 좋아하지 않는 거 알잖아요. 형도 그렇고."

그때 엄마가 다가왔다. 한스가 눈을 찡긋하며 미루에게 배운 조선 속담을 써먹었다.

"호랑이도 제 말 하면 온다!"

엄마가 눈을 크게 뜨고 무슨 말이냐며 물었다.

"한글 속담 공부했어요."
"미루 형 공부하는데 또 방해했구나. 아들, 조용히 걸어 다니고 조용히 노크하면 안 될까요?"
"알았어요, 엄마 씨. 그런데 오늘 체육활동 시간이 희한했어요."

한스는 '엄마 씨'라는 단어를 배웠다. 저녁식사 시간에는 가능하면 한국말을 쓰는 게 자일러 가족의 약속이다. 엄마, 아빠, 형님, 아줌마, 아저씨 등 미루가 온 후 한국 사랑에 빠진 가족들 호칭은 모두 한국어로 바뀌었다. 가끔 미루에게도 형 대신 미루 씨라고 한다. 그 모습이 귀여워 미루는 쿡쿡 웃기도 한다. 한참 후에 엄마가 묻는다.

"또 뭔데?"

"코 길이를 재서 그래프까지 만들었는데요. 제 코 길이는 딱 중간치였어요!"

한스는 신이 나 계속 떠들었다. 머리둘레도 쟀는데 어떤 애는 왕 짱구였고, 머리통이 작은 애도 있었다. 체육 선생님이 머리카락과 눈동자 색깔까지 다 적어갔다.

"그런데 엄마, 문제가 좀 있었어요."

한스 얼굴이 갑자기 어두워졌다.

"또 뭐냐?"

엄마는 감자를 깎으며 건성으로 묻는다. 항상 말을 많이 하는 아들이라 시큰둥하다. 방으로 들어가던 미루도 신경이 쓰인다. 한스가 말했다.

"안네는 코 재는 게 싫었나 봐요. 안네가 싫다는데 체육 선생님은 안네 코에 강제로 줄자를 갖다 댔어요."
"저런!"
"안네가 줄자를 확 잡아당기더니 구부려 던져버렸어요."

"이걸 어째? 선생님이 엄청나게 화내셨겠는데."

"학교 끝날 때까지 안네 혼자 복도에서 벌을 서게 했어요."

엄마가 한숨을 내쉬었다. 미루도 창밖을 바라보며 고개를 갸우뚱거렸다.

"참 별일이구나. 싫다는 아이 코를 강제로 재다니 말이야."

"그러게요. 무슨 통계를 내야 한다나 봐요. 너무 속상했어요!"

"안네는 학교는 잘 나오는 거지?"

"당연히 나오죠. 안네가 학교에 안 나올 일이라도 있어요?"

"아, 아니다. 내가 안네 집에 한번 가봐야겠다."

엄마는 허둥지둥 한스 말을 막았다. 한스네가 이자르강변 아파트로 이사 온 후에도 안네는 여전히 그곳에 살았다. 한스는 엄마가 그런 일로 안네의 집을 찾아갈 이유는 없다고 생각했다. 그러면 한스가 학교 일을 미주알고주알 까바쳤다는 걸 안네가 알게 될 거다. 안네는 그런 입이 싼 남자애를 좋아하지 않을 게 분명했다. 한스가 소리쳤다.

"엄마, 우리 일에 절대 참견금지!"

"얘 말하는 것 좀 봐라. 내가 언제 참견했다고 그래! 너 아무리 사춘기라지만 그러면 안 되지."

엄마가 얼굴을 붉히며 소리쳤다.

"한스야, 너도 이제 고학년이니 다른 일보다 공부에 열중하면 좋겠다."

"다른 일이 뭔데요? 이상한 소리 하시네."

한스가 소리치며 자기 방으로 올라갔다. 쾅, 방문을 닫고 멍하니 책상만 바라보았다. 엄마는 은근히 안네를 만나는 걸 꺼리는 눈치다. 이유는 잘 모르겠지만 느낌이 그랬다. 사실 요즘 공부와 유겐트 활동 때문에 안네를 만나는 시간도 줄어들었다. 지난번에 만났을 때 한스가 물었다.

"안네야, 너도 유겐트 단원이 되면 어때?"

"절대 안 돼!"

안네가 세차게 고개를 저었다. 그녀의 강한 반대에 깜짝 놀랐다.

"왜 그러는데? 나랑 더 많이 만날 수 있고, 국가를 위해 충성도 할 수 있고."

"안 된다고 했잖아!"

안네가 꽥 소리를 질렀다. 한스는 어안이 벙벙해졌다.

"그렇다고 그렇게 큰 소리를 지를 필요는 없잖아. 내가 싫은 거지?"
"한스, 그게 아니라고!"

안네는 눈물을 글썽이며 뛰어가 버렸다. 한스는 괜한 소리를 한 것 같아 후회스러웠다. 그녀는 항상 조용하고 생각이 깊은 아이였다. 둘은 뮌헨 근처의 도서관과 박물관을 다니며 바빌론의 유적과 그림 보기를 좋아했다.

그러나 한스네가 이사 온 후엔 만나기가 힘들었다. 안네가 가끔씩 보고 싶었다. 오늘 체육시간에 오랜만에 안네를 만났는데 이런 일이 벌어진 거다. 벌서던 안네의 팔을 당장 내려주고 대신 벌을 서고 싶었다. 그러나 무서운 체육 선생님이 고리눈을 치켜뜬 채 지켜보고 있었다.

한스는 체육 선생님이 너무 싫었다. 번들거리는 이마는 왕 얌체 같고, 날카로운 실눈은 째진 뱁새눈이었다. '미운 체육 선생을 골려줄 방법이 없을까?' 한스는 골똘히 생각에 잠겼다.

그때 방 밖에서 기침 소리가 들리자, 한스는 정신이 돌아왔다. 아버지 자일러 교수였다. 그가 나무라는 듯 한스를 불렀다.

"한스!"

그는 놀라 문을 열었다. 방문 앞까지 아빠가 쫓아오다니. 고개를 숙인 채 아빠 앞에 섰다.

"아! 네, 네?"

아빠가 유겐트를 좋아하지 않는 것은 어렴풋이 알고 있었다. 하지만 이건 유겐트와는 상관없는 일이지 않은가. 아빠가 조용히 말했다.

"그런 일로 너무 떠들지 않았으면 좋겠다."
"그게 왜요?"
"어쨌든 별로 좋지 않은 일이니까 집에서는 그 이야기를 하지 말아라."
"좋지 않은 일이라니요?"
"너도 곧 알게 될 날이 올 거다."

한스는 화가 났지만 입을 다물었다. 코 길이를 잰 선생님이 나쁘다는 건지, 그걸 거부한 안네가 나쁘다는 건지 종잡을 수가 없었다. 항상 엄격한 아빠긴 하지만 요즘 들어 더 이상해졌다.

미대 교수인 아빠는 학생들과 작업하며 많은 시간을 학교에서 보낸다. 그런데 요즘은 학교에도 잘 안 나갔다. 거의 집에서 지내는 것 같았다. 가끔 날카로운 목소리로 통화하며 누군가와 싸우는 것 같기도 했다. 엄마도 신경이 날카로워진 모양이다. 이래저래 아빠 눈치를 보는 일이 많아졌다.

한스도 전쟁에 진 나라가 엄청나게 힘들다는 건 알고 있었다. 학교 친구 중에도 전쟁 후 아빠 엄마가 직장을 잃은 경우가 많았다. 감자, 설탕, 기름마저 바닥나서 무지하게 아껴먹었다. 엄마는 베이컨이 들어오기를 기다리다 가게에서 연락이 오면 부리나케 사러 갔다. 공책도 표지 안쪽까지 아껴 써야 한다.

그때쯤 굶주림과 불안에 빠진 군중 앞에 '나치스'라는 정권이 신성처럼 나타났다. 라디오에서는 나치스를 찬양하는 선전이 끊이질 않았다. 어른들은 나치스 찬양 노래를 부르며 손뼉을 치고 뉴스에 귀를 기울였다.

"배고픈 사람들에게 빵을 주고, 희망 대국의 길을 터주는 구세주!"

그런데 정작 자일러 교수댁은 조용했다. 한스 친구들에게도 히틀러 유겐트 입단이 대세였다. 한스도 곧 유겐트 배지를 받을 때가 되었지만 풀이 죽어있었다.

'친구들은 엄마 아빠가 유겐트에 가입 못 시켜 난리들인데. 나는 뭐야?'

자일러 교수는 아예 그런 이야기를 입 밖에도 못 내게 했다. 그렇다고 안네에게 자랑할 수도 없었다. 안네는 군인을 싫어하는 것 같아서다. 한스는 시무룩해졌다.

'안네는 단지 군인이라는 직업을 싫어하는 거야. 그래도 나는 안네가 좋은걸. 안네는 내 친구니까.'

하늘이 두 쪽 나도 오늘 밤에도 야간훈련에 가야 한다. 미리 미루 형에게 문을 부탁해야지.

"나는 피와 명예를 중요시하는 히틀러 소년단이다!"

한스는 주먹을 불끈 쥐었다. 사실은 한스가 유겐트에 입단한 것도 체육 선생님 때문이었다. '나라를 위해 건강한 몸과 마음을 가진 청소년이 필요한 때'라고 의욕을 북돋워 줬다. 안네를 벌주지만 않았으면 훌륭한 선생님일 텐데.

모두가 멀어지는 세상이 참 슬프다. 아버지도 체육 선생님도 친구 안네까지도 말이다. 안네랑 항상 함께 있으면 좋겠다. 내 친구니까.

13

히틀러가 누구요?

저녁식사 후 미루는 우산을 받쳐 들고 이자르강변을 산책하기로 했다. 어스름한 저녁 숲이 촉촉한 빗방울을 머금은 채 진한 송진향을 한껏 품어댄다. 해주의 솔밭에 온 듯 솔향이 미루의 온몸을 휘감는다. 눈을 감고 숨을 죽인다.

'음, 이 고향 냄새.'

비를 머금은 숲이 검푸르다. 독일의 숲은 울창하고 깊어 슈바르츠발트(검은 숲)라는 이름까지 붙었다. 발밑에 뭔가 꼼지락거려 내려다보니 지렁이다. 발을 비켜주자 연두색 풀로 부리나케 기어간다. 연두색 풀잎이 파르르 흔들렸다.

"앗, 쑥이다, 쑥!"

그건 분명히 어머니가 찹쌀을 쪄서 만든 인절미에 넣는 파랗고 향긋한 쑥이었다. 쑥을 한 솥 가득 넣고 삶으면 집안 가득 퍼지던 쑥 향기. 이 먼 독일 땅에도 쑥이 자라다니! 쑥 향내에 눈물이 쿡 솟는다. 노란 콩고물을 묻혀 입에 쏙 넣어주며 "미루야, 아~ 해봐라. 뜨뜻할 때 먹는 게 최고지" 하시던 어머니. 다시는 먹어볼 수 없는 어머니의 인절미다. 애틋함에 가슴이 저리고 명치끝이 아프다.

글썽거리는 눈물을 매단 채 고개를 든다. 이파리마다 물방울이 맺힌 연두색 어린 잎이 틀림없는 버드나무다. 왜 여태 이 버들을 못 보았을까? 미루는 고향에 온 듯 편안하다.

항상 빵과 감자로 끼니를 때우며, 노랑머리 독일인을 의식하는 미루. 한국어로 생각하고 김치를 그리워하는 뿌리 깊은 한국인. 독일 땅에 사는 낯선 이방인이라는 생각은 세월이 아무리 흘러도 떨치기 어려울 거다. 미루는 중얼거린다.

'아, 너는 왜 지금 여기에 있는가?'

그때 어디선가 행진곡이 꿈속처럼 가늘게 들려왔다. 미루는 실눈을 뜨고 강변 숲을 훑었다. 비 온 후여서인지 아직 산책객은 없다. 미루는 숨을 죽이고 큰 소나무 뒤로 숨었다. 가만히 귀를 기울였다.

그건 이내 군가 소리로 변한 듯했다. 며칠 전 기차에서 들었던 군가와 놀랍게도 비슷했다. 그날 일이 금방 일어난 일처럼 생생했다.

＊

그날 미루는 미아와 함께 뮌헨 대학행 기차에 올라탔다. 확성기를 틀어놓은 듯 어디선가 군가가 들렸다. 기차나 광장에서 가끔 그렇게 사람을 모으기에 그러려니 했다. 군가가 찌익 소리를 내며 끊어지더니 덩치 큰 남자가 갑자기 사람들 앞으로 나섰다. 그리고 팔을 들어 올려 나치스 인사를 했다.

"하일, 히틀러!"

기차 안은 순식간에 찬물을 끼얹은 듯 조용해졌다. 미아가 미루의 손을 꼭 잡으며 바짝 다가섰다. 미루도 미아 어깨에 팔을 얹고 긴장했다. 남자가 크게 외치기 시작했다.

"우리의 영웅 히틀러 총통께서 말씀하셨습니다. "역사란 생존을 위해 인종 간에 벌어지는 갈등'이라고요. 그러므로 대독일에서 유태인은 국가 내의 '인종적 순수성'을 와해시키는 악이므로 제거되어야 합니다. 인종적 순수 혈통을 가진 아리아인은 금발에 파란 눈, 그리고 키가 큰 사람을 말합니다. 유태인은 종교 단체가 아니라 다른 인종에 기생하는 암적인 '인종'입니다."

사람들이 열광하며 손뼉을 쳤다. 미루는 놀라 주위를 돌아보았다. 모두가 한통속이 된 듯했다. 미루는 외톨이가 된 듯 부르르 떨렸다. 미아가 잡은 손까지도 떨림이 전해졌다. 화가 치솟아 손톱 마디까지 열이 치솟는 듯했다. 도저히 가만히 있을 수가 없었다. 무슨 말이라도 지껄여야지, 안 그럼 속이 터질 것만 같았다. 미루가 중얼거렸다.

"저놈이 인종차별을 하는 게 일본군하고 똑같구먼."

미아가 받아 말했다.

"그러게요. 치사하고 더러워요."
"제국주의의 열망에 사로잡혀 민족 간의 갈등을 조장하는 사악한 남자의 모습이라니!"

미루는 학교에서 두개골과 코 길이를 쟀다던 한스의 말이 무엇이었는지 이제야 알 것 같았다. 순진한 어린이들을 이용해 아리아인의 특징을 만드는 통계작업을 했던 것이다. 아이들을 생체실험의 도구로 사용하는 것이랑 뭐가 다른가.

　미루는 주위를 둘러보았다. 더러는 미루처럼 입을 꼭 다문 채 표정이 굳은 사람도 보였다. 미루는 힘을 모으며 발산할 기회를 엿보았다. 남자는 연설을 계속할 심산이었다. 팔을 아까보다 더 높이 올리며 소리쳤다.

　"하일, 히틀러!"

　미루는 이때라며, 자기도 모르는 사이에 벌떡 일어섰다. 연설자처럼 오른팔을 높이 든 채 "여기요!"라며 앞으로 나갔다. 사람들 눈이 휘둥그레져 두어 발자국씩 물러섰다. 웬 노란 얼굴의 동양인이냐는 표정들이었다. 미루가 소리쳤다.

　"잠깐, 질문이 있는데요!"

　남자가 미루를 돌아보았다.

　"뭐요?"
　"그런데….."
　"빨리 말해요."

"그런데 히틀러가 누구요?"

갑자기 주위가 찬물을 끼얹은 듯 조용해졌다. 남자가 기가 막힌 듯 말을 잃었다. 히틀러도 몰라보는 무식한 또라이를 어떻게 손봐줄지 막막한 모양이었다. 더구나 방해자가 누런 얼굴의 동양인인 것을. 강연은 이미 초치고 막 내렸다. 사람들이 하나둘 자리를 뜨기 시작했다. 마침 기차가 뮌헨역에 정거했다. 미루는 미아의 손을 끌어 얼른 기차에서 내렸다. 강연자가 해코지할 게 뻔했다. 똥은 피해가는 게 낫지. 기차에서 내리면서 일부러 큰 소리로 말했다.

"집에 가서 히틀러 공부를 좀 해야겠어."

뒤쪽에서 발자국 소리가 울렸다. 미루는 미아의 어깨를 감싸고 슬쩍 옆으로 섰다. 뒷사람에게 길을 비켜주면서. 그러나 그 남자는 앞장서지 않았다. 남자가 뒤에서 불렀다.

"이보시오!"

미루는 가슴이 덜컹 내려앉았다. 말없이 앞만 보고 걸었다. 남자가 다시 다가왔다.

"당신 참 용감한 동양 청년이네. 맘에 드오."

그때야 미루는 돌아섰다. 커다란 매부리코에 까만 눈이 유난히 반짝이는 남자였다. 미루는 용기를 내서 말했다.

"네, 저는 코리아에서 왔어요. 우리나라를 침략한 일제가 코리아에서 똑같은 짓을 저지르고 있어요. 아니 이곳의 나치스보다 더 잔인한 짓을 하고 있죠."

"요즘 뉴스에서 자주 듣는 동양 소식이군요. 동양의 떠오르는 혜성 일본, 그리고 서양을 떨게 하는 독일. 두 군국주의 국가를 비교하는 글이 자주 올라오지요. 일제가 코리아를 식민국가로 만들어 장악하는 것까지도. 아무리 작은 나라라도 자주국이 되어야 할 권리가 있어요. 오늘 보니 당신의 용감함이 당신네 나라를 구할 것이오."

"반드시 그랬으면 좋겠습니다. 감사합니다. 그런데 선생님은⋯."

그때 뭔가 이상한 느낌이 든 미루는 대화를 이어가는 게 불안했다. 바로 대화를 끊고 그냥 대학 안으로 들어갔다. 그런데도 누군가의 시선이 계속 따라붙는 듯하다. 슬쩍 뒤돌아보았더니, 반짝이는 까만 눈의 아까 그 남자가 의대 옆 건물인 인문학부로 막 들어서고 있었다. 미루가 말했다.

"뭔가 보통 사람이 아닌 것 같은데…."

"선생님도요. 오늘 선생님 너무 멋있었어요. '히틀러가 누구요?'"

미아가 미루의 말을 흉내 내며 거들먹거렸다. 미루가 머리를 쓸어 올리며 말했다.

"많이 본 듯 익숙한 얼굴이야."

미아가 얼른 대학 앨범을 들춰 보았다. 아니나 다를까 그분은 앨범 맨 앞에 있는 그 저명한 후버 총장이었다. 미루의 가슴이 막 덜컹거렸다. 그런 분이 한국을 알아주고 걱정해주다니! 독일에 온 후 제일 기쁜 날이었다. 동지를 만난 듯 가슴이 팔딱거렸다. 미아가 말했다.

"그러고 보니 후버 총장님은 반나치주의자로 유명하신 분이에요. 옆 건물에 계시는지 몰랐어요."

"신문에서 얼굴을 뵌 것 같아."

"등잔 밑이 어두웠네요. 독일의 최고 지성이자 인도주의자인 총장님이신데."

미루는 그 후 히틀러를 대단찮게 여기던 그분에 대해 더욱 관심이 생겼다. 그러나 누군가가 미행하는 느낌 역시 어쩔 수 없었다. 독일에 와서 한동안 편안했는데, 기차에서의 사건 이후로 불안함을 떨쳐버리기가 힘들었다. 독일도 안전지대는 아닌 모양이다.

*

미루는 갑자기 전나무 숲에 숨어있는 게 무서워졌다. 행진곡 소리가 점점 더 커졌다. 미루는 정신을 차리자고 중얼거렸다. 강변 아파트 사람들도 야간훈련에 신경이 쓰일 것만 같았다. 소란과 군가 소리에 깊은 잠에 빠질 수 없을 것이다. 그러나 감히 불평할 수 없는 세상이다. 이 모든 것이 대독일을 부흥시킬 나치군의 눈부신 훈련이기 때문이다.

공원의 가로등 불빛 아래로 그들은 행진해 왔다. 자세히 보니 군인이 아니었다. 젊은 청소년단인 히틀러유겐트가 틀림없었다. 다가오는 유겐트 군단을 본 순간 미루는 부르르 몸을 떨었다.

'왜 저 순수한 영혼들이 이 밤중까지 히틀러를 찬양하는 행진을 해야 하는 걸까?'

아이들은 깃발을 하늘 높이 올리며 행진했다. 빨강과 하양 다이아몬드 모양 위에 절 표시를 뒤집은 듯 까만 기호가 깃발 위에서 선명하게 빛났다. 소년들은 군인처럼 반바지에 갈색 셔츠, 드러난 무릎, 목에는 스카프를 감았다. 팔을 어깨높이까지 올리며 힘차게 행진하는 아이들의 얼굴이 보름달처럼 빛났다.

'아! 한스가 얼마 전 이자르강 숲속에서 참여했다던 히틀러 청소년 단이다!'

한밤중에 뮌헨을 가로지르는 이자르강을 따라 걷는 아이들! 금발에 하얀 얼굴들이 휘황한 달빛을 휘저으며 개선행진곡을 불렀다. 맨 뒤에서 행진하는 아주 작은 소년이 미루의 눈길을 사로잡았다. 두 손을 가슴까지 올리며 얼굴은 하늘로 치켜든 채 행진하는 모습이 날아갈 듯 기운차다.

미루는 그들의 생기 넘치는 행진을 지켜보며 생각했다. '그들의 에너지는 어디서 오는 걸까?' 미루도 뛰쳐나가 함께 행진에 참여하고 싶을 정도로 맘이 설렜다. 활달하고 기운찬 소년들의 영혼을 빼앗은 히틀러라는 독재자가 더욱 궁금해졌다.

점점 노랫소리가 멀어져 갔다. 주위를 보니 어두운 숲에 미루 혼자였다. 날씨도 그렇고 나라가 뒤숭숭하니 사람들이 위축되었기 때문일 게다. 어제는 같은 아파트 위층에 사는 한스네 학교 선생님의 외할머니가 경찰에 잡혀갔다. 그때 그 사람들 숙덕거리는 소리가 들리는 것만 같다.

"그 선생님은 칼 슈미트였는데…. 이름이 독일인이잖아요?"

"선생님 외할머니는 유태인이었대. 하지만 선생님은 독일 아버지 성을 따르니 상관없지."

"그게 뭐 죄가 된다고, 쯧쯧."

"유태인은 타도해야 할 대상이라고 히틀러 총통님이 말씀하셨잖아요? 그분이 법이고 하늘이에요."

누군가의 설교에 모두 입을 다물었다. 미루도 몸이 오싹해졌다. 점점 독일의 정통이라는 아리안족이 아닌 이방인들은 설 자리가 없어져가는 판이었다. 유학생들도 술렁였다. 그들은 겁을 먹은 채 조용히 책만 파고들었다.

'이제 독일도 유학생에게 더 이상 관대하고 안전한 땅은 아니다. 각별히 조심해야 하는 세상이다.'

미루는 발걸음을 떼며 곰곰 생각에 잠겼다. 유럽도 독일도 그가 생각하던 이상향은 아니다. 일본경찰에게 쫓겨 이곳까지 온 게 과연 옳은 선택이었을까?

어둠 속을 더듬어 집에 온 미루는 한스의 방으로 갔다. 예상했던 대로 방은 어둠 속에 텅 비어있었다. 커튼 뒤로 가 창밖을 내려다보았다. 달빛만 고요했다. '한스가 너무 늦지 않으면 좋겠는데.' 미루는 가만히 한스의 방문을 닫았다.

14
자일러 교수

몇 달 전 경성 종로경찰서의 폭탄투척 사건이 독일 유학생들에게까지 전해졌다. 미루가 발끈해 베를린의 이 선배에게 편지를 보냈다.

"선배, 종로 폭탄투척 사건 후 일제가 '문화통치'라는 미명으로 조선인들을 더욱 압박하고 있대요. 심지어 독립이나 일제에 항거하는 자는 끌고 가 밥 먹듯이 고문을 자행하고 있답니다."

이 선배는 편지를 받자마자 당장 미루에게 전화를 했다.

"미루, 반갑네. 나도 그 소식을 듣고 속이 부글부글 끓어오르던 참이야. 그때 3.1 거사 때 말이야. 나도 만세를 선창했다고 끌려갔지. 놈들이 한독단 냄새를 맡고 동지들을 발설하게 하려고 갖은 고문을 했어. 끝내 입을 열지 않았지. 죽도록 맞다가 나오니 한동안 내 몸뚱어리와 정신이 분리된 것 같았지. 지금 독일에 와 공부한답시고 앉아있는 게 기적이야. 내가 공부를 잘 마칠 수 있을지 나 자신도 모르는 상황이네. 어서 베를린으로 올라와 행동을 취하자고."

"고맙습니다. 형이 꿋꿋이 입을 다문 덕에 우리가 이렇게 건재한 거예요. 형, 어쨌든 건강에 신경 써야 합니다."

"맞아, 타국에서 나를 지켜주는 건 내 육신뿐이더라. 그럼, 베를린에서 항일시위를 목표로 준비하자는 거지?"

"네, 얼마나 그날을 기다렸는지 모릅니다."

"베를린 유학생들을 모아볼게. 어쨌든 그때까지 몸조심하고. 외국에서 가족도 없는 우리는 몸이 생명이야. 몸이 건강해야 독립운동도 하는 법!"

"명심할게요, 선배. 베를린에서 만나요."

그날 밤 저녁식사 후 미루는 자일러 교수와 마주 앉았다. 한국에서 자행되는 일제의 만행에 맞서 일어선 폭탄투척 사건을 전했다. 재독 한국 유학생들도 참을 수 없어 일어서겠다는 것과 베를린에서 유학생들이 항일시위를 계획하고 있다는 말까지. 자일러 교수는 선뜻 함께하겠다고 나섰다.

"교수님, 나치스 정권의 살기가 등등한데 위험하지 않으시겠어요?"

"무서울 게 뭐가 있겠소? 어차피 나는 이미 반나치 예술가로 분류되어 있소. 히틀러에게 아부해 내 그림을 팔아먹을 생각도, 권력을 행사할 생각도 버린 지 오래요. 지금은 그저 정의가 실현될 날을 기다릴 뿐이오."

"교수님이 한스에게 이야기하는 걸 보고 짐작은 했습니다. 정의가 실현되는 시대가 언제쯤 올까요?"

"내 생전엔 아닐지 모르지만, 내 자손을 위해 어떤 희생이라도 감수할 생각이오."

"그런 교수님의 열린 마음을 존경합니다. 머나먼 나라에 와서 교수님을 만나게 된 것은 제 일생일대의 행운이고 영광입니다."

일주일 후 미루는 자일러 교수와 북으로 가는 베를린행 열차를 탔다. 그는 한국 유학생들을 돕겠다며 미루와 동행한 거다. 소식을 들은 미아도 달려왔다. 미아는 차창 쪽에 그들과 작은 식탁을 사이에 두고 마주 앉았다. 나라는 안팎으로 어수선해도 뮌헨을 벗어난 검푸른 숲은 울창하고 푸르다. 숲이 차창 밖으로 그림처럼 스쳐 간다.

자일러 교수는 창밖 스케치를 하고, 미루는 밖을 보고 있다. 미아는 차창에 비친 두 남자를 바라보며 행복해했다. '미루 선생님은 지금 무슨 생각을 하는 걸까.' 그들은 항쟁하러 가는 사람들 같지 않았다. 이렇게 평온한 시간이 영원히 계속되면 좋겠는데.

자일러 교수는 가끔씩 창밖을 본다. 그의 날카로운 얼굴선과 빼빼한 체격에서는 지성이 풍긴다. 그런데도 그의 그림은 인간애와 따뜻함으로 가득하다. 그의 선한 눈매가 아들 한스와 똑같아 미루는 깜짝 놀란다. 순간 교수에게 한스 이야기를 할까 말까 망설인다.

"교수님….."

자일러 교수가 고개를 든다.

"그렇지. 이제 우리가 집에서 못다 한 이야기를 나누어볼까?"
"네, 사실은 드리고 싶은 말씀이 있었어요."

자일러 교수가 고개를 끄덕이며 묻는다.

"한스 이야기겠지? 그 애의 유겐트 이야기죠?"

미루는 깜짝 놀랐지만, 그 말을 하는 교수의 얼굴빛은 태연하다. 스스로 묻고 대답하는 그의 얼굴에 고뇌의 그림자가 역력하다.

"난 이미 모든 걸 알고 있었소. 차마 말린다고 바뀔 상황이 아니라서 불구경하듯 잠자코 있었지. 참 힘든 시대로군요."

"아들이 아버지와 사상이 다른 것을 우리 한국인은 용납하기 힘들어요."

"그럴 겁니다. 아무리 서양이 개인주의가 철저하다 해도 부모와 자식이라는 굴레가 하나로 엮어진 건 마찬가지인 것 같소. 동양이나 서양이나."

"네."

"고심 끝에 한스가 유겐트에 열광하는 것을 도저히 막을 수 없다는 결론에 이르렀어요. 시대의 흐름을 역행할 수는 없었지. 그래서 내버려두기로 했다오."

"그럼 이미 알고 계셨던 거군요. 저보다 더 먼저요."

"밤이면 야간집회에 나가는 걸 알고 있었소. 매일 밤 잠든 척했으나 그 아이가 들어와야 이 애비도 잠들 수 있었소. 선생이 나 대신 열심히 문을 열어주는 것도 알고."

"전 그런 줄도 모르고…."

"내 몸이 별로 탄탄하지 못해서 아들이라도 건강체로 자라도록 도와주는 유겐트의 목표에는 찬성이었소. 하지만 유겐트는 내 성향은 아니오."

당시 나이가 좀 든 청년들은 히틀러 친위대(SS)가, 어린 청소년들은 히틀러 청소년단(유겐트)이 되는 게 꿈이었다. 입단하면 자발적으로 조직에 충성을 맹세했고, 가족보다 조직이 최우선이었다.

교수의 말이 이어졌다.

"서서히 부모에게서 독립하려는 나이이긴 했지만 한스의 속도가 너무 빨라 경악했소. 유겐트는 '독재자 우상화 교육기관'이라는 게 딱 맞는 설명이겠지. 다행히 미루 선생이 그 일이 있던 날 늦게 귀가해서 우리 집안의 진면목을 못 본 게 천만다행이었소. 그날 큰 난리가 났었지요."

교수는 그때를 회상하듯 몸을 떨었다. 미아도 가슴을 조이며 듣는다.

"내가 한스에게 야단을 좀 쳤어요. 너무 유겐트에 빠진 것 아니냐며. 밤마다 나 몰래 야간 탈출하는 것을 다 알고 있다고 했지. 그 애가 갑자기 '야간탈출'이라는 단어에 신경질적인 반응을 보이더군."

한스가 자기는 국가를 위해서 야간집회에 가는 거라며 소리쳤다. 도망자가 아니니 '탈출'이라는 말을 쓰지 말라며 눈을 부라렸다. 어린 아들의 불손함에 교수는 할 말을 잃었다. 눈앞이 캄캄해지고 다리가 후들거렸다. 언제 아들이 저토록 반항아가 되었는지 기가 막혔다. '흐흐, 부자간 의리가 좋다고?' 공들여 쌓은 탑이 매미허물처럼 흩어져 내리는 순간이었다. 교수가 말했다.

"아무리 네가 사춘기라도 나는 너를 그렇게 키우지 않았는데⋯."

"아버지, 저는 당에 충성하고 당을 위해 존재합니다. 그 위대한 당을 만들어준 것은 독일 대제국입니다."

자일러 교수는 벌어진 입을 다물지 못했다. 몇 번의 집회로 아들의 사상이 이렇게까지 뒤바뀔 수는 없었다. 무엇이 아들을 단시간에 이렇게까지 바꾸어 놓았단 말인가? 그 모든 것이 자신의 잘못이라는 자책감만 들었다. 국가에 아들을 송두리째 빼앗긴 것만 같았다. 교수가 말했다.

"한스, 내 표현이 조금 과했는지 모르겠다만 너는 당에 대한 충성이 지나쳐!"

"충성? 그걸 한 번 보여드릴까요?"

갑자기 한스가 유겐트 단검을 빼 들었다. 그리고 그 칼날을 아버지를 향해 겨누었다.

"함부로 당을 비난하지 마세요. 나의 충성은 오로지 총통과 나치당만을 위해 존재합니다. 아버지가 저를 위해 유겐트에 협조해준 게 있던가요? 다른 아버지들처럼."

물론 아버지를 찌르려고 겨냥한 것은 아니었으나, 교수는 그 칼 앞에 온전히 서있을 수 없었다. 온몸이 무너져 내렸다. 부인이 쫓아와 휘청거리는 그를 부축해 받쳐주었다. 그리고 소리쳤다.

"한스! 그 칼 치우지 못해! 아무리 그렇기로 아버지 앞에 칼을 들이댈 수 있어? 우리는 너를 사랑으로 키웠지, 칼로 키우지 않았다. 우리는 너를 지켜보기만 했을 뿐 너에게 유겐트 탈퇴를 강요한 적도 없어. 네 앞에서 비난한 적도 없고. 그런데 네가 부모에게 이럴 수가?"

어머니의 흐느낌이 터져 나왔다. 얼마 후 한스는 고개를 푹 떨어뜨렸다. 그의 손에서 칼이 힘없이 떨어졌다. 바닥에 누운 칼날에 '피와 명예(Blunt und Ehre)'라는 글자가 번쩍였다. 교수는 눈을 감은 채 말이 없었다. 항상 착한 아들이던 한스였다. 유겐트에 입단한 후 그 잠깐 사이에 그는 전혀 다른 소년으로 변해갔다. 타오르는 애국심을 주체하지 못해 어쩔 줄 몰라 하는 게 훤히 보였다.

"한스야. 네 친구들, 아니 많은 독일 청년들이 가입한 유겐트를 반대하는 건 아니다. 그 위대한 정신과 사상 자체가 잘못된 건 없지. 단지 너를 사랑하는 가족이 항상 네 곁에 있다는 것만 잊지 않았으면 좋겠다."

얼마 후 아버지는 아들을 안았다. 어머니까지 세 명이 부여안고 한참을 흐느꼈다. 교수는 그 칼이 대량으로 제작되어, 유겐트에 가입하는 소년들의 필수 소장품이라는 것을 나중에야 알았다. 그것은 전 독일 소년들의 로망이며 우상이었다. 교수는 몸을 떨었다. 아들의 의지가 그토록 강렬하니 부모가 후퇴해야만 가족이 파괴되지 않으리라는 걸 알았다. 그때서야 한스 어머니가 말했다.

"여보, 미안해요. 내가 한스의 단복과 용품을 다 사주었어요. 당신과 상의할 수 없었어요."
"난 이미 다 알고 있었소, 그 모든 것을."

그날 밤 집안 식구들은 모두 뒤척이며 잠들지 못했다. 늦게 귀가한 미루는 아무것도 모른 채 발끝으로 걸어 잠자리에 들었다.
교수가 그때를 회상하며 달리는 차창 밖을 바라보았다. 초록과 밝은 햇살이 함께 스쳐 갔다.

"자식 이기는 부모 없다는 말이 맞더군요."
"휴… 정말 힘드셨겠어요. 그런 줄도 모르고 제 일에 취해 한스에게 조금도 힘이 되어주지 못했네요."
"한스가 어려서부터 미루 형을 좋아하고 굉장히 따르는 건 알고 있지요?"

"네, 제가 얼마나 도움이 되겠습니까마는 한스를 동생으로 생각하고 있으니 힘이 닿는 데까진 도와주고 싶어요."

자일러 교수는 미루가 큰아들인 것처럼 모든 이야기를 털어놓았다. 미루도 아버지의 마음이 이해되었다. 처연하게 행동한 지혜로운 아버지가 존경스러웠다.

*

얼마 후 그들은 베를린역에서 내려 모임장소로 갔다. 그들이 도착하자 이 선배와 유학생 친구들이 반갑게 맞아주었다. 미루가 미리 자일러 교수와 미아의 합세를 말해두었다. 동지들이 고국을 떠나 먼 유럽에서 모인 것 자체가 흥분되는데, 독일인 친구들까지 합세하니 더욱 힘이 났다. 미루가 교수를 소개했다.

"이미 알고 있겠지만 자일러 교수님은 뮌헨대 미술학과 교수이십니다. 이번에 우리 운동을 도와주러 오시다니 정말 고맙습니다."

교수가 가느다란 팔을 굽혀 알통을 만들며 말했다.

"보다시피 제가 이렇게 날씬해 큰 힘은 못 되지만 최선을 다하겠습니다."

"흐흐, 진정 청렴한 지성인의 상징이신데요?"

"덕담으로 알겠고요. 정의에 불타는 열정적인 한국 청년들을 만나 반갑습니다. 아무리 제국주의가 야욕을 부려도 독립과 자유를 위해 일하는 자가 언젠가는 승리하게 마련입니다. 오늘 잘해 봅시다. 그리고 여기 미아 학생도 여러분의 뜻에 동조하여 오늘 함께할 겁니다."

미아가 팔을 올려 인사하자 유학생들 모두 환호하며 손뼉을 쳤다. 미루 친구이기도 한 독일 여학생이 가담하니 더욱 기운이 났다. 독일인들이 힐끗거리며 지나갔지만 그녀는 아랑곳하지 않았다. 독일어로 작성한 호소문을 검토하는 데는 그리 오랜 시간이 걸리지 않았다. 교수는 철저하게 전단지 문서를 확인했다.

"아무래도 독립호소문을 정확하게 써야 사람들에게 어필할 수 있겠어요. 독일 사람들은 정확한 걸 좋아하거든요."

그는 한국 청년들과 호흡을 맞추어 호소문을 작성한 후 인쇄까지 도와주었다. 미아가 사전에 연락해 교섭한 베를린의 좌파 인쇄소에 가서 천여 장의 복사물을 찍어왔다.

"미루, 전단지 뿌릴 때 각별히 조심하시오. 내국인도 나치의 눈 밖에

나면 위험한데 당신들 같은 외국인은 더욱 신경 써야 할 거요.”

“네, 독일인에게 ‘한국독립의 정당성’을 널리 알려야 하니까요.”

“코리아라는 나라가 있는 줄도 모르는 사람이 태반이에요.”

“오늘은 베를린 시민들에게 한국의 부당함을 알릴 수 있는 절호의 기회입니다.”

그들 모두 다짐을 하며 호소문을 낭독했다. 오가는 사람들은 동양의 이름 모를 나라에 관심을 보여줬다. 코리아라는 나라가 일본의 식민지로 있는 것을 처음 안 사람도 있었다. 코리아라는 나라가 일본의 끔찍한 만행을 참아내고 있음도 알게 되었다. 호소문이 끝나자 뜻있는 사람들은 손뼉을 치며 격려하기도 했다.

베를린 시내 구역별로 유학생이 배치되었다. 그들은 밤늦도록 거리를 달려 호소문이 바닥날 때까지 전단지를 나눠 주었다. 추적거리는 음산한 비도 젊은이들의 독립에 대한 열정을 꺾지는 못했다. 그들은 온몸이 가루가 된다 해도 어디라도 달려가 대한민국의 독립의지를 소리 높여 전하고 싶었다.

전단지가 바닥났을 때는 인적이 드문 밤이었다. 마지막 전단지를 전하고 오는 미아의 어깨가 비를 뒤집어쓴 채 떨리고 있었다. 미루는 그 모습이 애처로웠다. 비를 털어주며 속삭였다.

“괜찮아? 몸살 날까 겁나는데.”

"괜찮아요. 미루 선생님을 위한 일이라면."

미아를 꼭 안고 둘이서만 아무도 없는 곳으로 사라지고 싶었다. 이럴 때 투명인간이 될 수 있다면 참 좋을 텐데. 애처롭고 사랑스러운 여인이다. 미루가 글만 쓰며 우울함에 빠져 있을 때 항일 독립호소문을 생각해낸 것도 그녀의 아이디어였다. 미루는 이 일을 진행하며 명랑함을 되찾았다. 그녀는 미루에게 삶의 의욕이요, 희망이었다. 사실 그녀까지 이 운동에 끌어들이고 싶지는 않았지만, 그녀를 또 함께 엮고 말았다. 이 선배가 헤어지기 전에 말했다.

"교수님과 미아 씨, 저희를 지지하고 도와주시니 큰 위로가 됩니다. 저희는 앞길이 보이지 않는 고국을 위해 할 일을 찾으려고 독일 땅까지 온 겁니다. 오늘의 첫 작업이 한국의 독립을 위한 한 줄기 희망이 되리라 확신합니다."

자일러 교수가 말했다.

"잘 생각하셨소. 뮌헨대의 후버 총장도 지금 반나치주의자로 찍혀 감옥에 갇히셨소. 나치는 자기네와 성향이 다르면 무조건 반나치주의자로 분류해 잡아들이고 있다오. 며칠 전 뵈니 그분의 총명했던 까만 눈이 빛을 잃어가고 있었어요. 아까우신 분이 시대를 잘못 타고 나셨소. 모두 그분을 위해 기도해주세요."

　미루는 기차에서의 사건 후 그분을 잊을 수가 없었다. 그 후 대학 인
문학 교수 모임에서 총장을 만나 제대로 인사를 나눌 기회가 있었다.
그분은 미루의 기차 사건을 기억하며 반가워했다.
　"동양의 조그만 나라에서 온 젊은이! 독일의 지성인도 감히 꺼내지
못할 말을 한 용기 있는 사람!"이라며 자일러 교수에게 미루의 일화를
소개했다. 나치의 위협에 독일 지성인들의 처지가 막다른 골목에 와
있었다. 독일 역시 일제하에 신음하는 한국독립군이나 지식인과 같은
상황이었다. 자일러 교수가 덧붙였다.

　"문제는 나치의 서슬이 시퍼레서 누구 하나 후버 총장을 면회하는
사람이 없다는 거요. 방문만 해도 한 통속으로 엮어 잡아넣고 있어요.
강심장을 가지지 않고는 그분을 방문하지 못하죠. 얼마나 외로우실
지…."
　"네, 한번 가뵙겠습니다. 저 같은 이방인이야 잡아넣어 봤자 영양가
도 없을 테니까요."
　"허허, 미루 선생, 당신의 용기가 정말 고맙소. 코리아 사람들은 조
용하며 용기 있는 민족인 것 같아요."

　미루는 뮌헨에 돌아가면 당장 후버 총장을 방문해야겠다고 결심했

다. "히틀러가 누구요?"라고 묻던 용기를 다시 발휘할 시간이었다.

집으로 돌아가는 길은 멀고도 길다. 기차 창밖으로는 하염없이 빗물이 흐른다. 자일러 교수, 미아 모두 어둠 속에 잠들어 있다. 미루도 눈을 감는다. 하루의 피로가 물밀듯 밀려온다. 기차가 덜컹거리며 어둠의 긴 터널로 들어갔다.

15
피압박 민족대회

브뤼셀의 겨울은 낮이 짧고 적막했다. 거세게 불어대는 음산한 바람과 추적거리는 진눈깨비가 미루의 어깨를 적신다. 미루는 지금 피압박 민족대회라는 국제회의가 열릴 에그몽 궁전으로 가고 있다. 궁전 꼭대기에 걸린 벨기에 깃발이 찢어질 것처럼 거센 광풍에 펄럭인다.

태양이 사라진 어둑한 하늘 사이로 부옇게 떠있는 궁전이 악마의 성처럼 괴기스럽기까지 하다. 수십 개의 창을 가진 궁의 우아함도 창틀의 섬세함도 감상할 겨를이 없다. 뮌헨에서 야간열차로 하루 반을 달려온 바람에 미루의 눈은 퀭하고 얼굴도 부스스하다. 허약체질에 속까지 비니 멀미가 난다.

'이럴 때는 뚝배기 해장국 한 그릇이면 속이 확 풀릴 텐데.'

독일에 온 지 수년이 되는데도 아프거나 속이 거북할 때면 한국 음식 생각이 간절하다. 어머니가 끓여주시던 콩나물 해장국과 따끈한 선지 뚝배기. 미루는 이내 고개를 흔든다.

'아니야. 오르지 못할 나무는 쳐다보지도 말랬다.'

침을 꼴깍 삼킨다. 유난히도 입이 짧은 미루였다. 어머니가 오목조목 입에 맞는 음식을 만들어 입에 넣어주실 때는 몰랐다. 서양 땅에서 그런 음식은 생각만 해도 즐겁고 행복하다.

'어휴 이 샌님아, 너보다 더 먼 곳에서 오는 동료들 좀 생각해봐.'

미루는 스스로 '샌님'이라는 별명을 쓰며 쓴웃음을 짓는다. 용술과 현우가 그 별명으로 그를 놀리던 게 생각난다. 이제 모든 게 추억이다. 상해에서 도망치듯 떠났던 그날이 생각난다. 설마 용술의 집요한 추적이 더 계속되지는 않겠지. 지금도 가끔 인력거 소리가 덜컹거리는 듯해 잠에서 퍼뜩 깨어난다.

미루는 옷을 털며 가슴을 펴고 옷깃을 바로 세운다. 옛날 양반은 먹은 것은 없어도 이는 쑤시지 않았던가 말이다. 굶주린 배를 헛기침으로 채워본다. "에헴."

궁으로 들어가는 사람들의 다양한 옷차림이 보인다. 주홍색 터번을 두른 시크교도와 인도 복장을 한 사람, 원색 옷이 더욱 돋보이는 아프리카인들, 긴 옷자락이 유난히 바람에 펄럭이는 아랍 사람들까지 다양하다. 독일에서는 평소에 보기 힘들던 동양인 얼굴을 제법 구경하는 셈이다.

'이 세상에 한국 말고도 압박받는 민족이 이렇게 많다는 소린가?'

오늘 124개국의 대표가 참가 신청을 했다니 그 규모가 실로 장관일 것이다. 모두 약소민족의 설움과 무산계급의 협력을 호소하러 모이는 거다. 두셋씩 짝을 지어 걷는 그들의 발걸음엔 다급함이, 얼굴엔 비장함이 서려 있다. 미루도 마음을 다잡으며 추위 속에 가슴을 내밀어본다. 큰 숨을 쉬며 오늘 할 일에 기를 쏟아 넣었다.

'오늘 이 순간을 위해 수 날 밤을 새워 준비한 이 일은 성공한다, 성공한다!'

바람이 마구 흩어놓은 머리칼을 쓸어 넘기며 미루는 한국 참여단을 기다린다. 스산한 북풍이 옆에 든 서류가방까지 뒤흔든다. 그걸 꼭 쥔 손바닥에 진땀이 나고 가슴이 벌렁거린다. 호소문을 만들며 거의 한

달 전부터 제대로 잠을 이룰 수 없었다. 독일과 프랑스 유학생들이 함께 모여 초안을 작성할 때였다. 누군가가 말했다.

"우리가 피압박 민족대회에 참가하는 걸 일본에서 알면 가만두지 않을걸?"

"그렇지, 그놈들 구린 짓이 전 세계에 퍼질 판이니까."

"그래도 한국 정부에는 알려야 하지 않을까?"

"이보게, 그걸 말이라고 하나? 우리가 알릴 정부가 있기나 한가?"

모두가 입을 다문 채 풀이 죽었다. 그러고 보니 그들은 나라 없는 떠돌이들이었다. 돌아갈 집도 돌아갈 고향도 없는 방랑자였다. 갑자기 모두 기가 죽었다. 그때 프랑스 유학생 김법린이 나섰다.

"돌아갈 나라가 있다손 쳐도 우리가 뭐 하러 알리나? 내가 이렇게 독립운동하고 있소, 라는 자랑밖에 안 되지. 내 집에 든 도둑을 내가 몰아내는 일은 당연한 거지. 그게 뭐 대단한 일이라도 되는가?"

모두 고개를 숙였다.

"아, 이 사양지심!"

미루는 겸허히 그 친구의 말을 받아들인다. 김법린은 상해와 조선을 오가며 엄청난 비밀활동을 수행했던 독립운동의 거장이었다. 그는 고국이 그립다고 했다.

"몸이 부서져라 도망 다니며 나랏일을 도울 때가 제일 행복했어."

미루는 온실 안 개구리인 자기와는 다른 그에게 존경심이 들었다. 그는 모르는 것이 없고 마음은 부처님처럼 넓었다. 승려로 도를 닦아서 그럴까? 그런 김법린이 말했다.

"미루, 독일신문에 실린 자네의 연재 글을 프랑스에서도 읽었네. 자네 글에 나타난 아름다운 우리나라, 법 없어도 살 정도의 선량한 사람들을 보고, 유럽 사람들은 조선이라는 나라가 신선이 사는 곳인 줄 알던데. 자네 글을 읽고 무한히 맑은 에너지를 얻나 봐."

"정말 그러면 좋겠어. 이들이 얼마나 서예에도 매력을 느끼는지 모른다네. 거저 가르쳐주고 싶은 마음으로 충만한 요즘이야."

"잃어버린 조국, 돌아갈 기약 없는 나라지만 자네의 글 속에서 고국을 만날 힘을 얻었어. 제발 우리 유학생을 위해서라도 좋은 글을 계속 써주게. 자네의 글은 독일인뿐만 아니라 우리에게도 안식이고 피난처야. 빼앗긴 나라를 다시 찾아야 한다는 의지이자 강력한 무기이기도 하다네."

미루는 가슴이 설레고 격려가 되었다. 이번 대회에 김법린은 프랑스 유학생 대표로, 미루, 이 선배, 황우일은 독일 유학생 대표로 선정되었다. 나라 없는 그들은 스스로 대표단을 조직해야만 했다. 마침 유럽을 여행 중인 허헌이 한국 측 신문기자 대표로 합류했다. 미리 만나 침략 호소문에 넣을 문구를 논의했었다. 그들은 부당한 안건을 나열하기 시작했다.

"우리 독립운동의 효시인 3.1 운동 이야기는 꼭 넣자."
"동감! 상해 임시정부를 인정해 달라!"
"조선총독부 즉시 철폐 요청!"

그 외에 그들은 한국이 처한 상황을 조목조목 열거했다.

"한국은 문화를 가진 독립국이길 원한다."
"한국인에게 자유를 달라."
"한국 역사를 읽는 자가 범죄자는 아니다."

미루는 이 내용을 바탕으로 수 달간에 걸쳐 호소문을 작성했다. 영어, 독어, 불어로 된 8쪽짜리 호소문을, 앞뒤 장의 내지에는 일제의 식민지 침탈 상황을 도해로 요약했다. 그 아래에 원색의 태극기와 동아시아 지도를 그려 넣었다. 언어뿐만 아니라 그림에도 조예가 깊은 미루의 심혈을 기울인 작업이었다.

미루는 대학수업과 강의 때문에 밤이 깊어서야 이 작업을 하곤 했다. 언젠가 유겐트에서 늦게 귀가한 한스가 물었을 때 비밀이라고 했던 작업은 바로 이 문서 제작이었다. 물론 자일러 교수에게 마지막 수정을 부탁했고, 교수는 기꺼이 응해주었다. 원고를 본 그가 말했다.

"미루 선생, 놀랍게도 거의 완벽합니다. 내가 손볼 게 거의 없어요."

"독어는 제가 했지만 불어는 불란서 유학생들이, 영어는 함께 작업한 겁니다."

"이만하면 정말 훌륭해! 고교 교과서에 실린 미루 선생의 글이 수많은 독일인을 한없이 흐느끼게 하는 건 알고 있죠?"

"전 그저 제 유년시절의 고향 이야기를 독일인에게 전해주고 싶었던 것뿐인데요."

"미루 선생은 언어의 천재라니까. 1차 세계대전으로 삭막하고 피폐해진 독일인의 심금을 울렸으니. 이런 이들의 영혼에 빛과 희망을 주는 게 바로 문학인이 할 일이지요."

"과찬이십니다. 모두 교수님 가족과 친구분들이 한국문화를 이해하고 받아들여 주셨기에 가능했던 것이지요. 자일러 가족의 사랑과 도움이 없이는 불가능했어요. 홀몸인 저는 독일 천지에 고아나 다름없으니까요."

미루는 자일러 교수의 덕담에 편안한 마음으로 잠들 수 있었다. 그는 다음 날 미루를 열차 역까지 데려다주었다. 덕분에 미루는 에그몽 궁전을 바라보며 바람과 싸우고 있다.

"미루!"

어디선가 그를 부르는 소리다. 미루는 화들짝 정신이 돌아왔다. 고개를 드니 열차에서 내린 친구들이 무리 지어 나타났다. 그들은 뜨겁게 포옹했다. 대사를 앞두고 모두 한마음이 되었다.

"어서 와. 오느라 수고했다."
"호소문 작성하느라 미루 자네 머리털 다 빠지지 않았어? 흐흐."
"그래서 영국 판사들이 쓰는 가발 하나 봐뒀다네. 비싼 걸로."
"고가는 뇌물로 인정됨. 알지?"

서로의 익살에 긴장감이 다소 누그러졌다. 그들은 서둘러 궁으로 들어섰다. 회의장은 거대한 왕실이었던 곳으로 눈부시게 넓고 화려했다. 천장 높은 곳에 샹들리에가 빛나고 하얀 백색 석조건물은 위용을 자랑했다. 순간 나라도 없는 유학생들은 자신들이 한없이 작아지는 느낌이었다. 맥 풀린 듯이 쭈뼛거리자 그걸 눈치챈 김법린이 배를 내밀고 거들먹거렸다.

"이보게, 주눅들 필요 없어. 우리만큼 준비해 온 나라 있으면 나와 보라고 해!"

그때서야 미루는 서류 가방을 열었다. 수 날 밤새워 작업했던 서류를 내놓는 손이 떨렸다. 맨 아래 고이 접은 태극기를 들고 연단으로 올라갔다. 그곳에는 이미 강대국 국기들이 당당하게 진을 치고 있었다. 미루는 벅찬 가슴으로 태극기를 펼쳤다. 게양대에 태극기가 서서히 올라갔다.

이 선배는 단상 아래 포스터를 붙였다. '사회 평등' '민족 자유' '제국주의 타도'라는 순 한문으로 된 포스터였다. 미루는 그걸 보며 한글이 아닌 게 한없이 서운했다. 단 위에 앉은 강대국들의 시선을 의식했으며, 독일 옆에 일본 팻말이 선명히 보였다. 아직 착석하지 않은 일본 대표단이 어디선가 그들을 감시하는 느낌을 떨쳐버릴 수 없었다. 이 선배가 말했다.

"한자를 쓰니 마음이 엿 같네. 당당히 한글로 우리를 알릴 날이 오기나 할까?"

미루가 말했다.

"나약한 소릴 하지 마세요. 그런 날은 반드시 와요. 아니 우리가 반드시 오게 하고야 말 겁니다."

오늘 회담의 성공을 빌면서, 모두 소리 나지 않는 박수를 보내며 마음을 다잡았다. 회의가 시작되고 프로그램에 따라 한국의 기조연설 차례가 되었다. 김법린이 연단으로 나아갔다.

"제가 오늘 말씀드릴 주제는 한국인에 대한 일본인의 압박탄핵에 대한 것입니다."

법린은 오랜 시간 정성 들여 준비한 일제 식민지 통치의 실상과 한국 문제를 이야기했다. 사람들은 고개를 끄덕이거나 한숨을 쉬며 연설을 들었다. 그의 연설이 끝나자마자 어떤 동양인이 연단 위의 대표단으로 향하는 게 보였다.

뭔가 이야기가 오가더니 그 동양인이 일본어로 이야기를 시작했다. 강대국 대표단이 그의 말을 경청했다. 특히 일어를 할 줄 아는 대표단은 가끔 고개를 끄덕이기도 했다. 미루네는 영문을 몰라 온갖 신경을 곤두세웠다. 그의 말이 드문드문 들려왔다.

"저는 지금까지 발표한 한국인과 전혀 다른 견해를 가진 한국인 대표로 왔스므니다. 저희는 일본의 속국임이 자랑스럽고, 일본인에 의한 한국발전에 무척 감사하고 있스므니다. 대일본제국이야말로 한국 근

대화의 위대한 공로자입니다. 저희는 일본에 하등의 불만은커녕 뜨거운 감사를 드리고 싶스므니다. ”

단상 아래서 듣던 한국대표단은 어안이 벙벙해졌다.

“아니 웬 낮도깨비 같은 놈이야. 단상 위라 잘 안 들려서 그냥 두고 보았더니 이런.”
“저놈이 한국 놈이라고?”

미루가 벌떡 일어서서 단 위로 올라갔다. 〈한국대표단 결의안〉을 제출하며 그 남자를 가리켰다.

“저 사람은 순 엉터리 한국인입니다. 제발 저희 정식 한국대표단의 의제를 받아주십시오.”

대표단이 순간 웅성거렸다. 서로 못 잡아먹어 으르렁거리는 한국인을 보며 혀를 찼다. 일본대표단이 슬쩍 미루를 노려보았다. 조선총독부 허가도 안 받고 국제회의에 참석한 애송이들의 코를 납작하게 해줘야 겠다는 듯이. 결의안을 놓고 가라고 손짓만 까딱거렸다.

미루네는 제출한 안건이 의제로 상정될지 말지 결과를 초조하게 기다렸다. 그러나 한참 지나도 발표가 없었다. 얼마 만에 드디어 투표 결과가 발표되었다.

"이번 회의는 긴급한 중국, 인도, 이집트 문제가 논의되기로 가결되었음을 알립니다. 특히 의견이 양분된 한국식민지 문제 안건은 당연히 부결되었음을 알립니다."
"탕, 탕, 탕."

한국 유학생들은 억장이 무너져 내렸다. 수개월에 걸쳐 밤낮없이 준비했던 노력이 수포가 되었다. 한국의 독립은 더욱 멀어지고 말았다. 미루가 나섰다.

"아무래도 갑자기 끼어든 한국인 녀석이 수상해. 놈을 잡아 족치자."
"강대국들 농간에 우리가 낚인 거다. 분명 그놈은 일본 따까리야."
"일본이 버티고 있는데 우리 식민 국민의 말이 먹힐 리 없지. 어서 놈을 잡자."

연단에는 이미 녀석이 보이지 않았다. 모두 밖으로 몰려나왔다. 그러나 사람은커녕 쥐새끼 한 마리도 보이지 않았다. 궁전 광장으로 사나운 북풍만 낙엽을 쓸고 갔다. 모두 으르렁거리며 발을 동동 굴렀다. 그때 김법린이 조용히 말했다.

"자, 이제 각국으로 돌아갑시다. 우리가 일제의 식민통치를 비판하고, 한국독립의 정당성을 국제사회에 환기했다는 걸 위안 삼고 꼭 다음 기회를 노려보자고요."

"으흑, 그러나 이건 해도 너무 합니다!"

"나라 없는 설움이 이렇게 클 줄이야…."

모두 넋이 나간 듯 바람 속에 서있었다. 그때 회의장 반대편 길에 차 한 대가 끼익 정차했다. 옆 건물에서 뛰어나온 도리구찌 남자가 차에 올라탔다. 차는 부르릉 연기를 내뿜으며 이내 멀어졌다. 미루는 차를 노려보았다. 도리구찌라? 어쩐지 구린 냄새가 나는 것 같아 발을 굴렀다.

"저놈이 아까 회의장에 나타났던 그놈 같아."

그러나 이미 종 치고 막 내렸다. 이런 때 괄괄한 현우라면 어떻게든 녀석을 쫓아갔을 거다. 지금쯤 만주 무관학교에서 맹훈련 중일 씩씩한 친구가 그리웠다. 이 선배가 말했다.

"우리 한독단 시절이 그립다."

"난 현우가 그리워."

미루는 허사가 된 일에 너무 많은 에너지를 쏟은 듯 허망했다. 가방에 든 호소문이 돌덩이처럼 무거워지며 지독한 허기가 느껴졌다. 부옇게 휘몰아치는 진눈깨비를 털면서 그들은 어느 허름한 식당으로 들어섰다.

그들이 막 빠져나온 에그몽 궁전이 겨울왕국처럼 위태롭게 서있었다. 그 광장에 패잔병을 조롱하듯 북풍이 맴돌며 춤을 추었다.

16
슬프다! 미나토

제11회 베를린 하계올림픽 마라톤 경기장은 환호의 도가니에 빠졌다. 올림픽 중계를 계기로 세계 최초의 독일 텔레비전 방영 기술이 세상에 알려지는 순간이었다. 뮌헨에서 베를린까지 출동한 미루는 목이 터져라 응원했다. 유학생 연합에서 한국 선수의 출전을 미리 알려준 덕이었다.

그런데 마라톤 경기에서 기이한 현상이 벌어지고 있었다. 쟁쟁한 선수들 중에 까만 머리 동양인이 선두를 달리고 있었던 거다. 독일인들마저 신기해하며 까만 머리 동양인을 응원하느라 경기장은 아우성의 도가니였다. 그는 바로 한국인 손긔정이었다. 경기장의 거대한 화면은 선두로 달리는 손 선수를 따라가며 비추었다.

"조선인 학생 손긔정, 1등으로 진입하고 있습니다!"

미루도 손에 땀을 쥐고 경기 내내 손긔정과 함께 달렸다. 조마조마
하게 앞선 손 선수는 장신의 거구들을 제치고 1등 테이프를 끊었다. 경
기장의 환호 소리가 거대한 파도처럼 물결쳤다. 미루는 가슴이 터질
듯 기뻤다. 동행한 미아와 한스를 꼭 껴안고 방방 뛰었다. 시상식을 기
다리며 시간이 어떻게 가는 줄도 몰랐다.

곧 시상식 팡파르가 울렸다. 이어서 경기장 가득 일본국가가 울려
퍼졌다.

"1등, 일본인 손긔정!"

호명과 함께 일장기가 올라갔다. 환호 속에 파묻혀 미루는 귀를 문
질렀다. 설마, 실수겠지.

'경기 중에는 조선인이라더니, 시상식에선 일본인으로 호명을?'

미루는 온몸이 마비되는 느낌이었다. 그 어이없는 둔갑에 오열이 터
져 나왔다. 그래, 나라를 뺏긴 민족이 무엇을 더 바라겠는가. 허탈감이
엄습했다.

미루네는 일어서서 사인을 받으러 선수 대기실로 갔다. 벌써 사인을

받으려는 사람들이 줄을 서고 있었다. 한스랑 안네가 앞줄에, 미아랑 미루는 뒤에 섰다. 서있는 내내 미루는 기쁨과 슬픔의 소용돌이 속에서 괴로웠다.

줄 선 사람들 사이로 1위 영웅 손긔정과 3위 남승룡의 얼굴이 보였다. 역사에 한 번 나올까 말까 한 한국의 영재, 올림픽 꽃들의 대화가 얼핏얼핏 들렸다.

"손긔정, 난 가슴의 일장기를 가릴 수 있는 자네의 1등 꽃다발이 정말 부러웠어. 난 아무리 바지를 가슴까지 추켜올려도 가슴의 일장기가 가려지질 않더군."

"정말 속상해. 일장기를 가슴에 걸고 일본인인 척 수상대에 서야만 했던 비참함을 누가 알아줄까? 우리 조국 앞에 죽도록 미안할 뿐이야."

"그래, 죽음보다 더 치욕적이었어. 흐흑."

두 선수가 부여잡고 울먹였다. 미루도 가슴이 터질 것만 같았다.

두 일본 남자가 지켜보는 채로 손긔정은 사인을 시작했다. 강인한 챔피언의 부드러운 미소. 그는 새까만 눈썹을 찡긋거리며 정성껏 사인을 했다.

미루는 자신의 청년시절을 보는 듯했다. 젊음 자체만으로도 손긔정은 풋풋한 발광체였다. 미루는 사인하는 손긔정의 손까지 열심히 좇아갔다. 곧 미아와 미루의 사인 차례가 되었다.

"Marathon

K. Son

손긔정

KOREAN

1936

9. 8"

손긔정은 영어 아래 한글 이름을 썼다. 대문짝만한 글자로 'KOREAN'을 적는 순간 미루는 더 이상 기쁨을 참을 수가 없었다. 자기도 모르게 '대한독립만세'를 외치고 말았다. 그 순간 도리구찌를 쓴 남자가 미루의 팔을 잡아챘다. 그리고 다른 남자가 명령했다. "여기가 어디라고! 저 노무를 아예 쫓아내라!"

도리구찌가 달라붙어 미루의 팔을 꺾었다. 미루가 쓰러지며 사인용 책상을 짚었다. 책상이 쓰러지며 안네가 가져온 꽃다발이 흩어졌다. 빨간 꽃잎이 피처럼 흩날렸다. "앗, 꽃다발!"

안네와 미아가 꽃을 모으고, 한스는 쓰러지는 미루를 받쳤다. 미루가 울부짖었다.

"대한독립만세!"

"어디서 굴러먹던 개뼈다귀이므니까?"

남자가 소리치고, 도리구찌가 미루 옆구리에 어퍼컷을 먹였다. 미루가 옆구리를 부여잡고 쓰러졌다. 그의 동그란 안경이 벗겨져 나동그라졌다. 손긔정이 벌떡 일어서서 안경을 줍더니 "선생님, 여기요"라며 내밀었다.

안경을 받은 남자는 온화한 귀인 같았다. 손긔정은 점잖은 한국인을 함부로 대하는 감시단에게 화가 치솟았다. 경기 전에는 잘하라며 살살거리더니 경기가 끝나니까 볼 장 다 봤다는 행태다.

'오로지 내 조국을 위해 죽도록 달린 결과가 이건가?'

손긔정은 허망함이 밀려들었다. 훈련 중에도 일장기가 붙은 옷을 입지 않는다는 이유로 불이익을 당했다. 눈칫밥이 일상이었지만 그는 끝내 입지 않았다. 심지어는 경기가 끝났는데도 감시단이 아편쟁이처럼 계속 달라붙었다. 그는 안경 쓴 남자를 다시 보았다.

그가 막 안경을 쓰는 순간, 도리구찌가 그의 손을 잡아챘다. 안경이 다시 바닥에 나뒹굴었다. 그의 앞자락을 쥐고 으르렁거렸다.

"조선은 일본의 식민지! 세상 어느 바닥에 있건 너희는 엄연한 식민지 국민이므니다!"

도리구찌가 그의 턱을 치켜올린 채 노려보았다. 새끼 뱀 같은 실눈을 치뜨면서. 그러다 그의 얼굴이 하얗게 변해갔다.

"아니! 너, 너는 미루?"

미루도 도리구찌를 노려보았다. '내 이름을 아는 놈이라면?' 벨기에 에그몽 궁전에서 허겁지겁 사라지던 도리구찌가 떠올랐다. 미루는 피가 삽시간에 거꾸로 치솟았다.

"용술?"
"미루, 네가 이곳에 나타나리라 짐작은 했지만 이게 웬 횡재야? 미꾸라지 같은 놈, 상해에서 빠져나간 널 찾아 세상 어디라도 쫓아가려던 참이었거든."
"그건 내가 할 소리다!"
"미나토 상, 족치지 않고 뭐해! 네가 찾던 그놈 아니냐?"

옆의 남자가 소리쳤다. 미나토가 다시 미루의 목덜미를 움켜쥐었다. 미루가 캑캑거리며 소리쳤다. "윽, 두 이름으로 사는 비열한 놈!" 목덜미가 점점 조여들고 미루의 얼굴색이 퍼렇게 변했다.

순간 한스의 주먹이 미나토를 향해 불을 품었다. 한 방 맞은 미나토가 나가떨어졌다. 다시 올라가는 한스의 주먹을 안네가 잡았다. "한스, 참아. 게슈타포를 부르는 게 좋겠어."

그때 밖에서 순찰하던 경기장 경찰이 고개를 디밀었다. 붉으락푸르락한 한스를 보자 급히 다가왔다. 한스가 먼저 팔을 올려 인사했다.

"하일, 히틀러!"
"하일, 히틀러! 그대는 유겐트군. 무슨 일이오?"
"그러잖아도 게슈타포를 부르려던 참이었습니다."
"무슨 일입니까?"
"보시다시피 오늘의 마라톤 영웅에게 사인을 받으러 온 우리를 저자들이 이유 없이 공격하고 모욕했습니다. 적절한 선처 바랍니다."

도리구찌가 어느새 일어서고, 미루는 목을 만지작거렸다. 미아가 다가가 미루를 부축했다. 경찰이 미루를 돌아보며 다친 데는 없는지 물었다. 미루가 대답 대신 벌게진 목을 쓸어내렸다. 경찰이 용술을 향해 말했다.

"소란폭행죄로 일단 경찰에 넘길 거요. 이름이 뭡니까?"
"흠흠, 저는 미나토올씨다."

미루는 치를 떨었다.

"저 배신자! 꼴뚜기도 낯짝이 있다더니 이번엔 일본 놈이어서 천만

다행이군. 도대체 나를 어디까지 쫓으려 했던 걸까?"

경찰이 말했다.

"유겐트 청년과 당신들은 돌아가도 됩니다. 나머지는 알아서 처리하도록 하겠소."

미루는 용술을 째려보다 손긔정에게 다가갔다. 씩씩한 민족의 영웅을 힘껏 안아보고 싶었다. 손긔정의 가슴에서 흐르는 뜨거운 피를 느껴보고 싶었다. 한국 젊은이의 혈기가 서서히 미루의 아픈 가슴을 녹여주었다. 미루가 말했다.

"오늘 학생의 영웅적인 달리기는 한국인에게 엄청난 자긍심을 줬어요. 우리도 하면 된다는 의지력과 함께 우리 민족의 정기가 다시 살아나는 걸 확인했소. 손 학생, 부디 건강히 귀국하길요."

손긔정과 포옹 후 미루는 밖으로 나왔다. 미루는 몸을 떨었다. 꿈에라도 용술 같은 친일파 뺀질이를 만날까 두려웠다. '이참에 그와 연을 끊는 게 소원인데.' 미루 일행이 나간 후 경찰이 말했다.

"일단 이곳 규칙에 따라 당신을 경찰로 인도하겠소."

경찰은 미나토를 데리고 나가면서 손긔정에게 엄지를 들어 올렸다.

"당신의 달리기에 감동한 독일체육회에서 곧 연락이 갈 것입니다. 당신은 인간승리, 최고였어요!"

일본감시단은 비상이 걸렸다. 재독 일본지부대장이 일본영사관에 급히 전화를 걸어 하소연했다.

"미나토 바보 녀석이 독일경찰에게 들켰어요. 이제 우리 조직의 정체가 탄로 나는 건 시간문제요. 영사님, 어떻게든 손을 써주셔야겠스므니다."

미나토가 독일경찰을 따라 경기장 관할 구역에 도착했을 때, 이미 일본영사가 기다리고 있었다. 독일 경찰서장은 미나토를 영사에게 넘기며 말했다.

"일본과 독일이 특별한 우호 동맹국임을 생각해서 미나토의 신분을 넘깁니다. 차후 다시 이런 소란행위를 일으키지 않도록 하시오. 만약 그런 일이 또 발생한다면 독일경찰이 알아서 처리하겠소. 일본이라고 예외는 없다는 걸 알아두시오."

영사는 경찰에게 여러 번 인사했다. 영사를 따라 나오며 미나토는 안도의 숨을 내쉬었다. 역시 존경하는 일본정부는 힘이 센 게 확실했다. "감사하므니다. 이리 신속히 저를 구해주시다니요." 영사가 옆에 선 일본남자를 턱으로 가리키며 말했다.

"미나토 상, 이분이 길 안내자요. 일단 여기서 제일 가까운 오스트리아 인스부르크로 가시오. 거기 비엔나에 우리 지부가 있으니 도움이 될 거요."

"감사하므니다. 영사님, 그럼 저는 비엔나에서 작전명령을 기다리므니까?"

"허허, 당신이 들통나면 우리 조직의 작전에 지장이 막대할 거요. 그러니 비엔나를 통해 일본으로 귀국하는 것이 당신 신변을 확실히 보장받는 길이므니다."

"아! 네, 네."

미나토는 감격해서 가슴이 먹먹해졌다. 작전에 실패했음에도 함부로 내치지 않는 일본제국에 큰절을 올리고 싶었다. 몇 번이고 고개를 숙이며 훌쩍거렸다.

"영사님, 최후까지 책임져주는 대일본은 역시 대단한 국가이므니다!"

길 안내인이 미나토를 흘깃 건너보았다. 갈 길이 머니 서두르자고 재촉하면서. 그들이 나간 후 영사는 혼잣말을 하며 낄낄댔다.

'흐흐흐, 프락치 정체가 탄로 난 이상 미나토! 너는 이제 쓸모가 없지.'

영사는 재독 일본지부 명단에 있는 미나토의 이름 위에 빨간 줄을 쫙 그었다. 그리고 올림픽 신문기사 '슬프다! 손긔정' 옆에 나란히 낙서했다.

'슬프다! 미나토.'

미루는 마라톤이 있던 다음날 신문을 받았다. 독일 기자의 베를린 올림픽 기사를 읽는 순간 가슴이 다시 무너져 내렸다. 온몸의 피가 거꾸로 섰다. 그렇게 참담하고 어깃장이 무너지는 날이 다시 올까 봐 두려웠다.

"슬프다! 손긔정.
세상에서 제일 슬픈 챔피언!
저는 이렇게나 슬픈 남자들의 표정은 처음 보았습니다.
고개를 땅에 떨어뜨리고, 암울함에 찬 채 시상대에 서있는
두 동양 청년의 얼굴을 잊을 수가 없습니다.
올림픽 시상대에서 당당히 하늘을 향해 기염을 토해야 할
그들에게 대체 무슨 일이 있었던 걸까요?"

- 제11회 베를린 올림픽 시상식 후기 중

17

히틀러유겐트

부스스한 모습으로 자일러 교수가 침대에서 나왔다. 병석에 누워있는 동안 얼굴이 많이 야위었다. 나치의 검열에 시달리고 불려 다니다 보니 약골인 몸이 버티질 못했다. 먼 길 떠나는 아들을 역까지 배웅하지 못하는 게 안타깝기만 하다.

한스는 아버지의 손을 잡았다. 거칠고 앙상한 감촉에 퍼뜩 놀란다. 아버지가 부쩍 쇠약해진 게 자기 탓인 것만 같다. 하지만 자기 인생을 포기할 수는 없지 않은가. 아버지의 손을 잡아 입을 맞추었다. 강해지자고 마음먹어도 가슴 한편이 자꾸만 허물어져 내린다.

"아버지, 무리하지 마시고 쉬셔야 해요."

아버지는 늠름한 아들의 등을 토닥였다. 갈색 유니폼에 양쪽 귀 위로 바싹 올려붙인 유겐트 헤어 스타일을 한 한스는 깔끔하고 강인하게 보인다.

"그래, 아들아. 건강히 다녀오너라."

어머니도 아들을 바라본다. 군인 틀이 박힌 수려한 아들은 처음 보는 듯 눈부시다. 첫 해외 나들이로 어미 품을 떠나는 아들을 보니 기쁨 반 서운함 반이다. 삼 개월이나 걸리는 이번 여행을 다녀오면 완전 남이 될 것 같은 기분도 든다. 그래도 선정된 30명에 끼었다는 사실이 대견스럽기만 하다. 한스가 어머니를 깊게 포옹한다.

"어머니!"
"그래, 어서 가라."

미루는 한스 모자의 모습을 보며 가슴이 찡했다. 왜 어머니들은 똑같은 말을 할까. 해주에서 미루를 떠나보내던 어머니도 그랬다. 어서 가라.

'어머니들은 아들 앞에서 아무렇지도 않은 척, 강인한 척하고 싶은 거다.'

그들의 의연함 뒤에 숨은 아픔이 미루 가슴을 찌른다. 미루의 아픔은 항상 혼자 두고 온 어머니. 미루는 한스를 역까지 데려다주기로 했다. 걸으면서 둘은 오랜만에 이야기를 했다. 미루가 의젓하고 헌칠한 한스를 올려다보았다.

"야, 정말 멋진데?"

"이게 모두 그 대단한 '휴고보스' 디자이너 덕분이에요."

"세계 최고의 멋진 군복을 만들라는 히틀러의 명령에 따라 제작한 제복이라지?"

"우리 유겐트 대원 중에도 이 군복을 입고 싶어서 입단한 애들이 여럿이에요."

"그 멋진 군복이 사실은 얼마나 많은 사람에게 고통을 주는지 너는 모를 거야. 군국주의 제일의 표징이잖아."

한스의 얼굴이 어두워졌다. 미루는 "그 군복이 수많은 사람을 죽이게 될 거야"라고 중얼거렸다. 앗차, 떠나는 한스에게 심한 말을 했군. 가끔 한스와 정치 이야기를 할 때마다 생기는 이 틈을 어떻게 처리해야 할지 불편할 때가 많았다. 다음 순간 미루는 대화를 바꾸었다.

"난 히틀러의 사상에는 반대하지만, 그의 명령으로 만든 폭스바겐은 정말 대단한 독일의 자부심이지. 그렇게 작은 미니카가 공랭식이니

물 없이도 비포장이나 산길을 오래 가도 끄떡없는 거 아니냐?"

"네, 어쨌든 히틀러 총통님은 우리 민족의 부흥과 자신감을 심어준 대단한 지도자예요."

"그래, 모든 건 세월이 지나 역사가 심판해주겠지. 그런데 일본까지 여객선으로 간다며?"

"네, 여객선 그나이제나우를 타고 요코하마로 입항해요."

"멋진 여행이길 빈다."

"미루 형, 아버지보다 미루 형의 배웅이 더 기분 좋아."

"지나친 아부는 쫑코(핀잔이나 꾸지람)인 거 알지?"

미루 형이 뭐래도 기분 좋다. 유겐트 대원이 되면서 받은 스트레스를 여행으로 몽땅 날려버리고 싶다.

"형, 그래도 형에게 한글과 서예를 배우고 한국 이야기를 들을 때가 좋았어요. 내 유겐트 활동 때문에 '식탁 위의 한국어' 시간도 거의 없어졌잖아요."

"괜찮아. 뜻이 있으면 길이 있다고 네가 돌아오면 다시 한글 공부할 시간을 만들자."

"좋아요. 아버지도 좋아하실 거야."

한스는 아버지를 좋아했다. 그러나 유겐트 문제로 아버지와 대판 싸운 후 앙금을 없애기는 쉽지 않았고, 가끔은 아버지가 불편했다. 그 후로 아버지는 거의 나치나 유겐트에 대한 언급을 피했다. 가족 누구도 입 밖으로 그 일을 꺼내지 않았다. 미루마저 정치에 관한 말은 빙빙 돌려서 했다.

옛날 같은 가족이 아니었다. 뭔가 어두운 그늘이 생긴 느낌을 지울 수 없었다. 유겐트에 들떠서 훈련받을 땐 아무것도 모르고 신나기만 했다. 그러나 요즘은 서로 뭔가 숨기는 느낌이다. 한스는 부모님에게, 부모님은 한스에게 서로가 그랬다. 가끔씩 가족끼리 아무 생각 없이 깔깔거리고 떠들며 먹던 감자튀김 뢰스티가 그리웠다. 그러나 선뜻 어머니에게 부탁하기는 힘들었다.

"너도 이제 어린애가 아니야."

아버지의 이 말이 사사건건 한스를 멈칫거리게 했다. 요즘은 아버지 방에서 거의 유화물감 냄새도 나지 않는다. 작업을 하지 않는다는 뜻이다. 평생 그림을 목숨처럼 소중히 여기던 아버지였다. 더는 그림을 팔 수도 전시할 수도 없게 되었다. 그래서 한스는 마음이 더욱 불편하다. 아픈 아버지를 두고 일본 원정을 떠나야만 한다. 그러다 머리를 흔들며 마음을 다진다.

'아버지의 훌륭한 아들이기에 앞서 나는 위대한 히틀러유겐트다. 엄

마의 사랑하는 아들이기에 앞서 나는 대독일제국을 일으킬 피 끓는 유겐트 대원이다.'

한스는 미루 형에게 일본 이야기를 물으려다가 그만두기로 했다. 형이 털벌레 보듯 조선의 침략국인 일본을 싫어했기 때문이다. 아버지도 미루 형도 한스가 일본에 가는 걸 좋아하지 않는다는 건 기정사실이다. 잠시 머뭇거리다 말했다.

"미루 형, 사실은 아버지가 많이 걱정돼요."

미루가 한스 어깨에 손을 얹는다.

"걱정하지 마. 내가 신경 쓸게. 날씨가 풀리면 좀 나아지시겠지. 요즘 여러 가지로 너무 무리하신 듯해."
"꼭 부탁해요. 그리고 안네도 한 번 만나봐 주세요."
"언제 만났었니?"
"그저께요. 괜히 화를 내서 대화할 수가 없었어요. 안네가 정말 이상했어요."
"그래? 그럴 만한 이유가 있지 않을까?"
"형, 혹시 다른 남자 친구가 생긴 게 아닐까요?"
"설마? 서로 오해가 있었던 모양이구나. 여행 다녀와서 화해하면

되지."

"휴, 그게 가능할지 자신이 없어요."

"용기를 내. 어쨌든 네 출국을 전해주긴 할게."

미루는 한스의 등을 쓰다듬는다. 먼 여행을 떠나는 아이를 편하게 해주고 싶다. 그래도 한스는 여전히 마음이 무거웠다. 며칠 전 일이 한스를 다시 괴롭히기 시작한다. 유겐트 모임 때 단장이 애국하는 방법을 제시했었다.

1. 친구에게 입단 권유
2. 유겐트 당에 충성
3. 주위의 유태인 신고

이 중 한 가지씩 실행하고 보고해야 한다. 일본 여행 전까지 보고해야 홀가분한 여행을 떠날 거라며. 1번은 이미 안네에게 된통 퇴짜를 맞았다. 미처 한스의 말이 끝나기도 전에 안네가 가버렸다. 그러니 남은 두 가지 중 한 가지라도 수행해야 한다. 그날 밤, 늦은 시각이었다. 우연히 부모님 방 앞을 지나는데 두 분의 한숨 소리가 새어 나왔다. 엄마가 낮은 소리로 말했다.

"한스를 낳기 전 살던 에센 아파트 아시죠? 여태 거기 사는 친구 말이 그 동네 아파트에 자꾸 빈집이 늘어난대요. 빤하지 않아요?"

"쉿, 그들을 그렇게 데려가다니 정말 큰 일이오."

"정말 그래요. 도대체 후손들에게 그 죄를 어떻게 변명하려고 그렇게 반인륜적인 일을 벌이는지 모르겠어요."

한스는 고개를 갸우뚱거렸다. 부모님이 유태인 이야기를 하는 게 아닐까? 그들을 공동 주거지에 모여 살게 한다고 했다. 유겐트 단장은 '유태인에게 노동의 신성함과 위대한 나치 사상을 알려주어야 한다'고 했었다. 그들은 돈을 더 잘 벌고, 사회에 더 잘 적응할 기회를 얻게 될 것이다. 그러니 그들을 신고하는 건 그들을 도와주는 거다. 엄마가 뭘 잘 모르는 것 같기도 했다. 엄마는 계속 말했다.

"우리 위아래 층에 살던 할머니 두 분도 유태인이었던 것 같아요. 한스가 태어나기 전에 우리를 아끼며 챙겨주던 좋은 분들이었잖아요. 한번 찾아가 봐야겠어요."

"유태인이라는 건 어떻게 알았소?"

"그때만 해도 그들을 그렇게 차별하고 공개적으로 데려가지는 않았잖아요. 그 집에서 차를 마셨지요. 두 할머니 집에 모두 메노라 촛대가 있었던 기억이 나요. 촛대가 7개 있는 화려한 촛대 말이에요. 유태인의 상징이잖아요."

한스는 가슴이 뛰었다. 에센 아파트의 두 할머니도 유태인이라는 게 더욱 분명해졌다. 가슴을 펴고 쾌재를 불렀다. 가벼운 마음으로 여행을 떠나는 거다!

'빙고! 2명 신고하면 활동 성적이 두 배다.'

엄마가 불을 끄는 소리가 들렸다. 암흑 속을 더듬어 한스는 자기 방으로 돌아왔다. 그리고 신고서를 꺼내놓고 자신 있게 적었다.

"유태인 신고서
장소: 뮌헨 에센 아파트
대상: 할머니 2명"

침대에 누웠는데 잠이 오지 않는다. 정확한 호수는 기재하지 않아도 충분히 색출 가능하다는 단장님 말이 떠올라 안심이다. '나중에 안네에게도 말해줘야지. 아무리 안네가 군인을 싫어해도 이런 비밀은 알려줄 거야. 우리 사이에 비밀은 없다. 안네는 내 친구니까.'
미루가 한스 어깨를 흔드는 바람에 후다닥 정신이 돌아왔다.

"한스야, 무슨 생각을 그렇게 해?"
"아, 아니 그냥요."

"한스야, 어제 내가 부탁한 것 선배에게 잘 좀 전해다오. 독일에서 묵히면 뭐 하나 싶어서."

"물론이죠. 걱정하지 마세요. 가방에 잘 넣어두었어요."

미루는 한글독립단이었던 철주 선배를 떠올렸다. 그는 우리말을 지켜야 노예에서 벗어날 수 있다고 굳게 믿는 강직한 사람이었다. 3.1 거사 후 일본으로 돈을 벌러 갔다. 군수공장에서 일한다는 그의 편지를 받은 지 꽤 오래되었다. 그동안 관동대지진이 일어났고, 초보 아빠였던 그에겐 어린 아들이 있었다. 미루가 말했다.

"도쿄 부근에 산다니 요코하마 항에서 가까울 것 같아."

"잘 알았어요. 형이 가끔 얘기했잖아요. 그분 아들이 내 나이 정도 될 거라고요."

"응, 혹시 제대로 연락이 안 되면 너무 애쓰지는 말고. 나는 네가 자유로운 여행을 하면 좋겠어."

"알았어요. 여기 주소도 있으니 걱정하지 마세요."

뮌헨역에는 벌써 브레멘 항구로 가는 유겐트 청년들이 모여 배웅을 받고 있었다. 표정은 자신감으로 충만했고, 여행의 환상으로 들뜬 모습들이었다. 한스는 뭔가 미련이 남은 듯 자꾸 뒤를 돌아보았다. 미루도 덩달아 애가 탔다. 안네가 당장 어디선가 숨차게 달려올 것만 같았다.

한스가 뱃전에 발을 디디자 뱃고동이 뚜~ 울었다. 배는 떠나기 시작했다. 속도가 빨라져도 안네는 끝내 오지 않았다.

18
관동대지진

“아도로포 히또라의 청년 나찌쑤 환영!(Welcome! Nazi Adolf Hitler-Jugend)”

한스가 탄 배가 요코하마항에 도착하자, 환영 현수막이 펄럭였다. 독일 브레멘항을 출발한 '그나이제나우호'가 3주의 긴 항해를 마쳤다. 뱃멀미에 지친 유겐트 대원들은 배가 정박하자마자 하선을 서둘렀다.

한스도 배 밖으로 발을 디뎠다. 땅이 붕 뜬 느낌이었다. 어지럽긴 했지만, 명성답게 요코하마항은 화려하고 아름다웠다. 파란 물과 흰 구름이 어울려 야릇하게 이국적인 향수를 자아냈다.

그들은 일본 땅을 처음 밟은 최초의 독일 청소년 방문단이었다. 이곳저곳 나붙은 동양인의 아기자기한 환영 현수막에 들떴다. 일본 학생들은 직접 그린 나치 깃발을 흔들며 환영했고, 유겐트는 나치식 경례로 답했다. 배 양쪽으로는 기모노를 입은 여학생들이 열렬히 외쳤다.

"히틀러유겐트 반자이! 나치 반자이!"

그때마다 유겐트는 오른팔을 올려 답했다.

"다이니폰 반자이(대일본 만세)!"

두 제국주의 국가의 청소년들은 '반자이' 후렴으로 축가를 부르며 뜨거운 동지애로 불타올랐다. 후지산 정상 등정으로 분위기는 최고조에 이르렀다. 일본 신화에서 '신들의 거처'라고 하는 후지산 정상에 오르자 성스러움마저 느껴졌다. 방송에서 온종일 그들을 취재하고 일거수일투족을 공개했다.

'독일의 미래를 짊어진 히틀러유겐트: 나치 정신으로 길러지는 육백만 어린이'

일본 전역은 물론 《한국 소년조선》에까지 그 기사를 싣게 했다. 유겐트 단검의 칼날에 새겨진 '피와 명예'의 상징처럼, 유겐트는 국가에 충성하는 밝은 미래의 역군들이라고 선전했다. 그 말은 젊은 청소년을 뜨겁게 전율시켰다. 한스 역시 대제국주의의 동맹을 실감했다. 미래에 동서양 두 제국이 세상을 이끌어간다니 어깨에 절로 힘이 들어갔다.

'흐흐흐, 이런 자랑스러운 민족감정은 아버지도 미루 형도 모를 거다!'

메이지 신사와 야스쿠니 신사를 방문하니 맑은 약수가 있었다. 기모노를 입은 여학생이 약수를 떠서 다가오더니 몸을 비비 꼬며 코맹맹이 소리로 마시기를 권했다. 한스는 얼굴이 붉어졌다. '동양여자는 다 이런가?' 물을 마신 후 말없이 잔을 돌려주었다. 기모노 여학생이 은밀하게 다가오자 한스는 난처해서 어쩔 줄을 몰랐다. 옆에 있던 친구 브루노가 기모노 앞으로 나갔다.

"히 해즈 어 걸프렌드. 아이 해브 노."

기모노는 아쉽다는 듯 한스를 돌아보며 브루노의 손을 잡고 멀어졌다. 한스는 머리를 흔들었다. 생각을 정리하자며 혼자서 걷기 시작했다. 더러 유겐트 청년들이 일본여자와 짝이 되어 걷는 게 보였다. 그럴수록 한스는 자꾸 안네의 하얀 얼굴이 떠올랐다. 안네도 지금쯤 그를 보고 싶어 할까. '글쎄, 배웅도 나오지 않았잖아.' 그녀에게 무슨 일이 생긴 게 분명하다. 한스의 가슴이 두근대기 시작했다.

*

안네를 만난 그날이 생생히 떠올랐다. 한스는 드디어 유겐트 활동신고를 마쳤다. 임무를 완수하니 어깨가 가벼워졌다. 여행 전 마지막으로 안네를 만난다 생각하니, 그간의 모든 이야기를 해주고 싶었다.

"안네, 이건 비밀인데 너에게만 말하는 거다."
"뭔데?"
"에센 아파트 할머니 두 명을 '유태인 신고' 항목에 적어서 냈어. 숙제 완수!"
"뭐? 그런 비열한 짓을, 네가?"
"비열한 짓이라니? 넌 유겐트를 몰라서 그래. 나는 사명을 충실히 완수했을 뿐이라고."

안네가 갑자기 집에 가겠다고 소리치더니 넘어질 듯 휘청거리며 달렸다. 한스도 놀랐다.

"너 어디 아픈 거야?"
"천만에!"

"안네, 무슨 일인데?"

안네는 얼굴을 돌린 채 한스를 보려고도 하지 않았다.

"제발 말해줘. 내가 뭘 잘못한 거야?"

한스는 계속 안네를 따라갔다. 안네가 돌아보더니 소리쳤다.

"나 피곤하거든. 제발 꺼져! 나 혼자 있고 싶어."

안네가 다시 달리기 시작했다. 한스도 안네 아파트까지 쫓아가며 소리쳤다.

"안네 마이어! 나 내일 떠난다. 뮌헨역 10시야!"

*

아파트 문이 쾅 닫히던 충격이 다시 한스의 귀를 울렸다. '쾅!' 한스가 갑자기 귀를 틀어막으며 소리쳤다.

"안 돼!"

일본 점원이 달려와 무슨 일이냐며 눈이 동그래졌다. 한스는 그제야 정신이 들었다. '그래, 여기는 일본 요코하마야.' 불안한 마음으로 선물가게를 둘러보았다. 안네에게 어울릴 분홍색 벚꽃 손수건을 샀다. 화사한 색깔의 손수건을 보니 기분이 조금 나아졌다. '독일에 돌아가 만나면 더 반가울 거야.' 그러려고 그런 일이 생겼던 거다.

한스는 힘을 내자며 독일영사관으로 들어갔다. 그곳 직원에게 미루 형이 준 주소를 내밀었다. 주소를 본 직원은 독일영사관 소속 일본 현지 경찰에게 부탁했다. 일본경찰은 약속했다.

"우리 동맹국 청년의 부탁인데 최선을 다해 찾아보겠스므니다."

경찰이 다음 날 한스를 불렀다. 다행히 요코하마 외곽으로 거주지가 확인되었으며, 점심시간에 주소의 주인이 올 거라고 했다. 한스는 미루 형이 준 선물을 만지작거리며 철주 아저씨를 상상했다. 그분은 어떻게 생겼을지, 미루 형처럼 멋진 분일지 궁금했다. 그분을 만나면 미루 형님이 한글도 가르쳐주고, 서예랑 한국문화를 가르쳐주었다고 말해야지. 그런 다음 무슨 이야기를 나눌까?

점심시간이 끝날 무렵 청년 한 명이 밖에서 서성이는 게 보였다. 미루 형처럼 한국인 얼굴이다. 눈이 마주치자 그가 한스를 보며 웃었다. 한스는 눈치껏 뛰어나갔다.

"저희 아버지를 찾으신다고요?"

독일영사관 직원이 달려와 일어 통역을 했다. 한스는 주위를 돌아보았다.

"철주 선생님은 어디 계시지요?"
"제 아버지 성함이 김철주예요."

청년의 얼굴이 어두워지며 멈칫했다. 곧 주위를 돌아보더니 긴 한숨을 쉬었다. 식탁으로 간 그들은 자리를 잡았다. 청년이 나지막한 목소리로 이야기를 시작했다.

*

소년은 5살 때 아버지를 따라 일본에 오게 되었다. 아버지는 옷 공장에 다녔는데 돈을 잘 벌지 못했다. 소년은 어려서부터 달리기를 잘했는데 배가 고플 때가 많았다. 배가 고프면 무작정 달렸다. 물을 마신 후 공기라도 마시며 달리면 허기가 사라졌다. 그는 손기정 선수처럼 달리기 선수가 꿈이었다.

소년이 11살 되던 9월 1일 생일날이었다. 학교에서 공부하는 중이었는데 교실이 흔들리기 시작했다. 뱃멀미처럼 등이 흔들리고 책상이 밀려갔다. 선생님이 소리쳤다.

"모두 가방을 머리에 얹고 방공호로 달린다!"

달리는 동안 옆 건물에서 부서진 창틀과 유리창이 날아다녔다. 마당의 나무들이 우지끈 흔들리며 뿌리째 뽑혔다. 멀리서 비상 사이렌 소리와 잿빛 연기가 보였다. 학교 운동장에 지지직거리는 소음과 함께 방송이 흘러나왔다.

"7.9의 강진에 도로와 건물의 파손으로 사망자가 속출하고 있습니다."

흔들림이 잠잠해지자 소년도 아이들 속에 섞여 달렸다. 땅 밑으로 꺼진 길은 돌아가거나 건너뛰었다. 다리가 엿가락처럼 늘어져 끊어져 있었다. 마을 중심지는 여기저기 길이 끊겼고, 땅속에서 연기가 솟아오른다. 가게에서 물건을 훔치는 사람, 울부짖는 사람, 피를 흘리며 절뚝이거나 엎드려 기는 사람, 모두가 쫓고 쫓기는 아귀다툼이었다. 도로에 살아남은 사람들은 아비규환이었다. 성난 좀비들처럼 아우성을 치며 몰려다녔다.

"이놈의 나라는 뭘 하는 거야? 배고파 죽겠어."

"탈옥수들이 폭동을 일으켰다!"

"조선인들이 불을 질렀다! 방화다!"

"조선인들이 우물 안에 독을 탔다!"

소년은 귀를 막고 달렸다. 조선인인 줄 알면 잡혀갈 것만 같았다. 길가에서 아저씨들이 몽둥이와 죽창, 총칼을 들고 뛰어다녔다. 가끔씩 총소리가 천지를 울렸다. 계속 달렸다. 집에 도착하자마자 소년은 문간에 주저앉았다. 아빠는 소년을 집 안에 들이고 허겁지겁 문을 잠갔다. 어깨에 흰 천을 감은 채 엄마가 울고 있었다. 대체 어디서 다치신 걸까.

전기까지 모두 나가 밥을 해 먹을 수도 없었다. 생쌀과 남은 음식으로 저녁을 때웠다. 아빠는 아무 말 없이 조심스럽게 움직였다. 가끔 밖을 내다보면서 불안한 눈치였다. 아빠가 말했다.

"넌 몸을 아껴야 해. 앞으로 달리기 선수가 될 거니까. 오늘 지진 피해가 어마어마한 것 같다. 사람들이 죽고 피해를 보니 괜히 누구에게라도 화풀이하고 싶은 것 같았어."

엄마가 말했다.

"아들아, 우리는 죄짓지 않고 살았으니 괜찮을 거야."

아빠는 서랍 밑에서 작은 보따리를 꺼내 소년에게 내밀었다.

"만약의 경우 네가 이걸 잘 간직해야 해. 태극기와 한글교본이다. 한글은 목숨만큼 소중해. 크면 알게 될 거다."

"넌 한국사람이다."
"네, 달리기 선수가 될 거고요."

소년은 가슴이 뜨거워졌다. 그리고 슬펐다.

그날 밤 소년은 들판을 달리는 꿈을 꾸고 있었다. 그때 지진이 난 듯 방문이 쾅쾅 흔들리고 저벅저벅 발자국 소리가 났다. 그는 벌떡 일어나 앉았다. 그 앞에 몽둥이를 든 남자들이 서있었다. 머리를 민 까까머리가 아버지에게 소리쳤다.

"너 조센징이지? 너희들이 지른 불장난 때문에 우리 일본사람 다 죽었잖아?"

아버지는 무릎을 꿇은 채 고개를 흔들었다. 방망이를 든 남자들이 아빠를 때리며 밖으로 쫓아냈다. 몽둥이로 소년의 배를 찔러댔다.

"너희 가족 다 나와! 우리 일본사람을 못살게 구는 놈들은 가만 안

뒤. 왜 남의 나라에 와서 붙어먹고 사는 거야? 오늘 네 나라로 돌려 보내주지!"

그들은 대일본제국의 부름을 받아 움직이는 자경단이라고 했다. 무조건 조센징을 없애야 관동지방이 평안해진다고도 했다. 쇠갈고리를 든 아저씨가 다가와 아빠의 옷을 잡아끌었다. 아빠의 옷이 찌익 찢어졌고, 흰 옷자락은 금세 피범벅이 되었다. 애가 탔다. 놈들을 다 죽여 버리고, 아픈 엄마를 업고 달아나고 싶었다. 그때 엄마가 "기무라 아저씨 집으로"라고 속삭였다. 환경미화원인데 아빠의 일자리도 마련해준 일본 아저씨였다. 엄마가 낮게 속삭였다.

"지금! 어서 가! 뒤돌아보지 말고 얼른 뛰어."

잠시 망설이던 소년은 뒤로 빠져 눈을 질끈 감고 달리기 시작했다. 가슴이 덜컹거리고 하늘이 노래졌다. 기무라 아저씨 집에 도착했을 때는 거의 쓰러질 것 같았다. 소년은 무릎을 꿇고 엄마 아빠를 살려달라고 애원했다. 이틀이 지난 후 한밤중에 아저씨를 따라 부모님의 시신을 찾아 나섰다. 조선인을 모두 불태워 죽이거나 샘물에 밀어 넣었다는데 부모님의 시신은 피투성이로 샘물가에 뒹굴고 있었다. 소년은 두 분의 죽음을 믿을 수가 없었다. 기무라 아저씨가 밤을 틈타 시신을 거두어주었다.

이제는 어린 소년이 아닌 청년이 눈물을 흘리며 고개를 들었다. 한스는 그에게 흰 손수건을 내밀며 말했다.

"미안하고 고맙습니다. 여기까지 견뎌온 당신을 존경합니다."
"불행한 지진을 만난 일본인들이 '조선인 사냥'을 한 거죠. 그래도 기무라 아저씨는 제 생명의 은인입니다."

한스가 한숨을 쉬며 말했다.

"독일과 일본, 두 나라의 대제국주의에 빠져 있던 저에겐 너무 큰 충격입니다. 국가를 위해서라면 내 한 몸쯤 기꺼이 내놓겠다는 생각이었는데, 오늘은 좀 혼란스럽네요. 독일의 인종차별과 일본의 한국인 혐오가 너무 닮아서요."
"세상엔 양지와 음지, 선과 악이 존재하지요. 기무라 아저씨처럼 11살 때부터 저를 돌봐주신 일본인도 있어요. 그런 분들 때문에 세상이 존재하나 봅니다."
"그런데 지금은 뭘 하시나요?"
"아버지가 다니던 옷 공장에 다니고 있어요. 손긔정 선수처럼 달리기 선수가 꿈이었는데 너무 늦었어요."

"아, 저도 그 멋진 선수의 사인을 받았는데."

"부럽네요. 저는 아직 그분을 못 만났어요. 손 선수가 제 몫까지 다 해주었으니 괜찮습니다. 밤에는 야학에서 한글을 가르치거든요."

"아, 미루 형도 우리 가족에게 아름다운 한글과 서예를 가르쳐줬어요."

"어렸을 때부터 아버지께 들었어요. 미루 선생님과 함께 한국에서 한글독립운동을 하셨다고요. 미루 선생님은 그 후 머나먼 독일 땅에서 한글을 전파하는 데 앞장서고 있다고 들었어요."

"미루 형은 독일사람들에게 식민지의 부당함을 알리고 한글을 알리는 게 한국의 독립을 앞당기는 거라고 했어요. 미루 형이나 돌아가신 그쪽 아버님, 두 분 다 대단하신 분이세요."

한스는 청년에게 미루의 선물을 내밀었다.

"미루 형이 이걸 전하라고 했어요. 그쪽에서 갖고 계시는 게 더 나을 거라면서요."

"제 것도 전해주세요. 아버지께서 제일 소중히 간직하시던 물건입니다. 가져오길 잘한 것 같네요. 미루 선생님께서 가지고 계시는 편이 확실히 더 좋을 거예요."

한스와 청년은 동지처럼 한참을 껴안았다. 한스는 청년이 멀어질 때까지 자리를 뜰 수 없었다. 불행했던 소년의 이야기가 온몸을 짓눌렀다. 뼈마디가 바스러지는 듯 깊고 어두운 슬픔이었다.

신나고 황홀했던 요코하마의 환상이 시든 벚꽃 꽃잎처럼 우수수 떨어져 내렸다. 한바탕 바람이 그 꽃잎을 몰고 갔다. 꽃잎은 다시 돌아오지 않을 것이다.

19
거인의 죽음

한스가 도착한 뮌헨역엔 어느새 겨울이 내려앉았다. 기승을 부리는 노염 속에 떠났다가 돌아온 뮌헨은 어느새 우중충한 잿빛 초겨울이다. 때 이른 북풍이 그를 쓸어갈 듯 위협한다. 어릴 적, 부모님과 여행 후 돌아오던 뮌헨역은 편안하고 포근했다. 그런데 지금은 이방인이라도 된 듯 썰렁한 게 우울하기 짝이 없다.

미루 형이 역까지 가져온 외투를 뒤집어쓴 채 그는 장례식장으로 향했다. 차 안에서 아버지의 죽음을 들은 한스는 뭔가 잘못된 거라며 부정하고 싶었다. 죽음이라는 게 그렇게 빨리 닥치는 게 아니라면서. 아버지의 죽음도, 창밖에 스치는 스산한 겨울도 거짓이길 바랐다. 한스는 계속 중얼거렸다.

'지금 너는 꿈을 꾸는 거야.'

차가 덜컹 장례식장 앞에 섰다. 건물 안에서 향냄새가 진동하고 검은 옷을 입은 사람들이 어둠의 사자처럼 천천히 움직이고 있었다. 꿈이 아니었다. 인도주의 화가 자일러 교수를 지상에서 떠나보내는 마지막 의식이었다. 한스를 보자 모두 길을 터줬다.

한스는 앞으로 나아가 관을 부여잡았다. 바로 옆에 어머니가 있었다. 그녀는 퀭하니 푹 꺼진 눈으로 한스를 멍하니 바라보았다. 그러는 어머니의 모습이 서러워 그는 더욱 흐느꼈다.

"흐흑, 아버지 못난 아들을 용서해주세요."

사람들이 함께 애통해했다. 아들이 펑펑 우는 것을 처음 본 어머니는 어쩔 줄 몰라 했다. 어머니가 낮은 목소리로 한스에게 속삭였다.

"아들아, 제발 그만해."
"어머니, 한스를 놔두세요. 맘껏 슬퍼하도록 내버려 두세요. 그래야 풀립니다."

미루 말에 한스는 더욱 오열했다. 모든 일이 허망했다. 이토록 빨리 가실 줄 알았더라면 그렇게 고집을 피우진 않았을 것이다. 자기와 정치노선이 달랐던 게 아버지의 죽음을 더욱 부채질했을지도 모른다. 가슴이 갈기갈기 찢어지는 것만 같다. 미루가 한스의 어깨를 다독였다.

"그래도 장례식에 참석할 수 있어서 정말 다행이다."
"흐흑, 아버지가 이렇게 빨리 가신 이유가 뭐죠? 나 때문인가요?"
"한스, 아무 말도 하지 마. 아무런 생각도 하지 마. 그냥 맘껏 울어라."

어머니가 한참 울고 난 한스를 안았다. 장례식 후 세 식구는 집으로 왔다. 어머니는 자일러 교수의 방으로 들어가고, 미루는 한스와 마주 앉았다. 미루가 말했다.

"갑작스런 추위가 교수님의 허약해진 폐에 침투해서 급성폐렴으로 발전하신 거야. 정신이 육체를 지배한다고 하지만, 육체가 허물어지니 정신도 급격하게 무너지셨어. 육체가 힘드니 의식이 거의 없으셨지. 그래도 너에게 남기신 긴 편지가 있어. 쓰실 기운이 안 되어 내가 구술받아 적었다. 어머니께서 보관하고 계신다."

한스는 말이 없다. 이제 미루는 어떻게 안네의 이야기를 꺼내야 할지 고민이다. 미루는 한스의 부탁으로 안네를 만나러 갔었다. 사실 미루는 처음 안네를 본 순간부터 그녀에게 유태인의 피가 흐르지 않을까 싶었다. 소수민족과 약소민족의 직감이 통한 걸까. 그저 한스만 아무런 눈치를 채지 못하고 있었다.

*

그날 미루는 한스의 부탁대로 안네를 찾아갔었다. 안네는 뮌헨 대학 뒷골목의 아파트에 살았다. 손긔정 선수 마라톤 경기에 함께 갈 때 한스와 함께 그녀를 데리러 간 기억을 더듬어 길을 찾고 있었다. 아파트 골목에 들어서는데 왁자지껄 어수선한 소리가 거리를 울렸다. 아파트에서 끌려 나오는 사람들이 보였다. 미루는 얼른 몸을 숨겼다.

'앗, 무슨 일일까?'

미루는 가슴이 쿵 내려앉았다. 게슈타포 같았다. 비밀경찰은 제복부터 남달랐다. 그들은 따라가지 않으려고 안간힘을 쓰는 노인, 여자, 그리고 아이들을 강제로 차에 밀어 넣었다. 자지러지게 울어대는 어린아이를 감싸 안으며 흐느끼는 여인을 보자 한국에 두고 온 어머니가 퍼뜩 떠올랐다. 그 울음이 미루의 가슴을 후벼 팠다.

'아, 어머니!' 그리움이 너울처럼 온몸을 스치고 지나갔다. 어머니가 울고 있는 듯했다. 도망자의 어미라고 일본순사의 괴롭힘을 받고 있을지도 모른다. 미아에게 빠져 어머니를 잊고 있던 게 죄스럽기만 하다.

연락이 끊긴 지 꽤 오래되었다. 한국은 일본의 검열이 심해져서 외국에서 오가는 편지도 제대로 전달되지 않았다. 도망자로 낙인찍힌 독립군의 편지라면 더할 것이다.

'정신 차려! 여기는 뮌헨이야.'

미루는 퍼뜩 고개를 들었다. 고요하다. 간간이 들리는 날카로운 자동차 경적을 빼면 무심한 햇살만 사막의 무법자처럼 골목길을 어슬렁거린다. 고장 난 활동사진처럼 정지했던 사람들이 서서히 움직이기 시작한다. 옆 사람이 말했다.

"다카우 수용소 있죠? 그리로 끌고 간대요."
"맞아요. 정치범을 잡아넣다가 이제는 유태인까지 거기에 집어넣는대요."

미루는 이를 앙다문다. 언젠가는 유색인종인 자기도 저렇게 사냥을 당할지 모른다. 한국으로 돌아가야 할까. 하루에도 수십 번씩 드는 생각이다. 그러나 해답은 없다. 한국으로 돌아가면 일본순사에게 쫓길 거다. 독일도 한국도 아니라면 나라 없는 자가 설 땅은 어디인가. 삼층에 있는 안네의 집은 문이 잠겨있었다. 문을 여러 번 두드리자 앞집에서 빠끔히 얼굴을 내밀었다.

"그 집 식구들 오늘 끌려갔잖아요. 엄마랑 안네요."

"네?"

그녀는 더 말하기 싫다는 듯 문을 쾅 닫았다. 잠시 후 옆집 아줌마가 슬그머니 얼굴을 내밀었다.

"에센 아파트에 사는 안네의 외할머니가 유태인이었대요. 그래서 피가 섞인 안네 엄마와 안네한테까지 조사의 손길이 뻗친 거죠."

미루는 입을 다물었다. 더 물어볼 힘도 용기도 없었다. 뒤돌아서 계단을 뛰어 내려왔다. 성은 독일인인데도 반쪽 유태인 피가 흐르는 안네까지 잡혀가는 무서운 세상이다. 미루는 공포에 싸여 연구실까지 죽도록 내달렸다.

연구실에 도착해 라디오를 틀었다. 후버 총장의 처형 날이 일주일 후로 다가왔다는 방송이 흘러나왔다. 이제 대학도 성역이 아님이 분명해졌다. 반나치 서적을 색출해 불사른다는 소문까지 돌고 있으니!

갑자기 용술의 얼굴이 어른거린다. 가슴이 벌떡거리고 온몸이 옥죄어온다. 그날 경찰이 용술을 처리한다고는 했는데 행여나 다시 풀어놓지는 않았을까? 징그러운 용술이 어디선가 또 추격해 오는 게 아닐까? 이런저런 불안함이 뒤죽박죽되어 미칠 것만 같다. "히틀러가 누구요?"라던 자신의 용맹함은 어디로 사라진 걸까. 미루는 다음 순간 후버 총장을 찾아가기로 마음먹었다.

　총장이 갇힌 감옥소에 도착하자 간수가 미루를 위아래로 훑어보았다. 정말 후버 총장 면담이냐며 의아한 듯 몇 번이나 물었다. 후버 총장이 맞다고 하자 기가 막힌다는 듯 고개를 좌우로 흔들었다. 간수는 머리 위쪽에 걸린 히틀러 사진을 넌지시 올려다보며 말했다.

　"위대하신 히틀러 총통님을 아는 동양인인가? 원하니 면회는 시켜주겠지만 당신은 블랙리스트에 오른다는 걸 알아두시오. 그래도 반나치 범죄자를 만나겠소?"

　"범죄자라니요? 그 위대하신 분을."

　간수는 별종이라는 듯 미루를 쏘아보았다. 고개를 저으며 미루를 후버 총장에게 안내했다. 후버 총장은 거의 일어서지도 못하고 벽에 등을 기댄 채 쓰러져 있었다. 미루가 다가가자 눈을 떴다. 기력은 없어 보였으나 눈동자는 총명하고 맑았다. 힘들게 손을 까닥해 미루에게 아는 체를 했다. 그리고 미루 귀에 대고 속삭였다.

　"그대는 용기 있던 그 동양인 맞지요? '히틀러가 누구요?'의 주인공."

　"네, 총장님. 기억력이 좋으십니다."

　"고맙소. 여기 오기만 해도 낙인이 찍힐 텐데. 당신의 위대한 용기가 분명 당신 나라 코리아를 살릴 거요."

"감사합니다. 저도 총장님처럼 강해지면 좋겠습니다."

"당신을 강하게 만드는 것은 당신이 하는 일이 아니라, 끊임없이 하고자 하는 노력이오."

"네, 끊임없는 노력이 나를 강하게 만든다는 말씀 명심하겠습니다."

"당신같이 끈질기게 노력하는 사람이 있으니 당신 나라도 언젠가는 꼭 강한 나라가 될 거요."

미루는 그분의 손을 꼭 쥐었다. 서로의 체온을 교환하며 한참을 그렇게 있었다. 말을 잊은 듯 그분은 미소만 지었다. 그 활달하고 당당하던 어르신이….

고리눈을 치켜뜬 간수가 미루의 행동을 낱낱이 지켜보고 있었다. 얼마 지나지 않아 면회시간이 끝났으니 나가라고 한다. 미루는 넙죽 엎드려 총장의 손을 잡고는 한참이나 입을 맞추었다.

'온몸을 다 바쳐 나치에 항거한 위대한 인물의 마지막이시다.'

미루의 뜨거운 눈물이 그의 앙상한 손등에 떨어졌다. 그분은 눈물을 가만히 바라보았다. 간수가 독촉하며 미루를 끌어냈다. 눈물로 앞을 가린 채 미루는 쫓기듯 그곳을 빠져나왔다. 간수가 그의 등에 대고 소리쳤다.

"어이, 동양인. 앞으로 조심해야 할 거야. 함부로 나돌아다니지 않는 게 신상에 좋을걸."

미루는 귀를 막았다. 사회제도와 이념의 부당함에 대해 크게 소리 질러 흐느끼고 싶었다. 모든 게 허망했다. 비틀거리며 걷는데 누군가가 팔을 잡았다. 섬뜩해 돌아보니 미아였다. 미루는 미아에게 쓰러지듯 안겼다. 미아는 말없이 계속 그의 등을 다독였지만, 뭔가 불안한 듯 자꾸 옆을 봤다.

"어서 가요. 미행자가 있는 것 같아요."
"당신이 미행자 아니었나?"
"농담도 필요할 때가 있긴 하죠."

미아가 귀에 대고 소리치듯 속삭였다.

"달려요!"

둘은 미친 듯 거리를 달렸다. 몇 구획을 허겁지겁 달린 후 미아가 안내하는 골목에 서서 둘은 숨을 골랐다.

"아까부터 어떤 사람이 미행하는 것 같았어요. 오늘은 바로 집으로 들어가지 않는 게 좋겠어요."

그날은 미아의 집에서 하루 쉬었다. 다음 날 겨우 미루 집에 도착해 안심하는데 미아가 달려왔다.

"나치당원들이 후버 총장을 방문한 선생님에게 눈독을 들이고 있대요."
"그걸 어떻게 알았어?"

미루는 소리쳤다. 하늘이 노래지고 다리가 후들거렸다. 하기야 반나치범에게 둘러싸여 살아가는 미루였다. 동양인이며 이방인인 주제에 후버 총장, 자일러 교수 등 온통 반나치범들과 친하니 나치가 눈독을 들이지 않을 수 없을 거다.

"서슬이 퍼런 이때 감히 후버 총장을 방문하는 얼간이를 그냥 둘 리 없죠."
"누가 그랬냐고?"

미루가 꽥 소리쳤다. 미아는 고개를 떨어뜨리고 말았다. 사촌오빠가 게슈타포라 정보를 얻었노라고 조심스레 말했다. 미루는 풀이 죽은 미아에게 다가갔다. 그녀가 애처로웠다.

"미안해. 나 같은 남자를 만나지 않았으면 좋았을걸."

미루는 미아를 힘껏 껴안았다. 둘은 한참 그렇게 있었다. 그 시간이 영원하기를 바랐다.

"선생님, 짐을 싸서 당분간 저희 어머니 친정인 시골로 가 계세요."

미루는 미아 말대로 했다. 빠져나갈 다른 길이 없으니 별수 없었다. 두려웠지만 용기를 냈다. 후버 총장 말씀처럼 '강해지려는 노력만이 나를 일으킬 거다'라는 마인드 컨트롤을 했다. 시골에 숨어 지내며 파시즘과 나치의 진정성을 비판하는 글을 쓰고 분노했다. 때로는 발표할 수도 없는 글을 쓰며 그는 점점 더 반나치, 반제국주의에 빠져들었다.

미아는 미루가 정상적인 작품 활동을 할 수 있도록 백방으로 신경을 썼다. 게슈타포 단장인 사촌오빠를 만나, 미루는 순수한 문학청년이지 정치가가 아니라며 설득을 계속했다. 미아의 부탁을 거절할 수 없던 사촌은 미루를 빼줄 구실을 찾아야 했다. 교과서에 실린 미루의 글을 샅샅이 분석했지만 반나치 혐의점을 찾지는 못했노라고 상부에 보고했다. 어쨌든 당분간은 미루가 시골에서 자숙하는 게 낫겠다는 권유도 잊지 않았다.

일주일이 지난 어느 날 미아가 헐레벌떡 달려왔다. 자일러 교수가 돌아가셨다는 비보였다. 미루는 하늘이 무너지는 것 같았다. 후버 총장이 가시더니 이번엔 자일러 교수다. 아버지처럼 큰형님처럼 그를 사랑해주신 분, 아버지 없는 미루에게 남자의 강인함과 고통, 나치의 부당함까지도 알려주신 분이었다.

*

"형, 안네는요?"

갑작스런 한스의 다그침에 미루는 정신이 돌아왔다.

"아, 안네?"
"잘 있는 거죠?"

미루는 말끝을 흐렸다.

"그게… 한숨 자고 내일 자세히 이야기하자."
"알았어요, 형. 저도 지금 너무 피곤하네요. 그런데 한 가지만."
"응, 말해봐."
"일본에 있을 때 형이 우려하던 제국주의의 실상을 목격했어요. 너무 충격적이었고, 가치관에 혼돈이 와서 돌아오는 배에서 내내 우울했어요."

"큰일을 겪은 모양이구나. 김철주 선배는 만난 거냐?"

"놀라지 마세요. 그분은 이미 돌아가셨어요."

"뭐라고? 그럼 아들은?"

한스는 무섭고 암울한 관동지진 이야기를 낱낱이 전해주었다. 미루는 공포와 절망에 싸여 철주 선배의 기구한 죽음 이야기를 들었다. 주먹을 쥐고 얼굴을 붉히다가 치를 떨었다. 한스는 제국주의와 파시즘의 탈을 쓴 나라들의 폭정과 기만을 폭로하며 울화를 터뜨렸다. 미루가 말했다.

"자국의 이익을 위해서는 주변 국가나 타인을 가차 없이 쳐내는 게 위대한 제국주의의 진실이지. 그 선동에 속는 건 대부분 순수하고 정의감에 불타는 젊은이들이고. 자국의 영광과 목표를 위해서는 타국과 타인의 희생은 당연하다는 논리야."

"김철주 선생의 죽음을 통해 제국주의에 눈먼 자들의 진실을 알았어요. 아버지나 형이 유겐트 입단을 말리던 이유를 깨닫게 되었지만, 너무 늦은 거죠?"

"한스, 자책하지 마라. 넌 잘못한 게 없다. 전국적으로 들끓는 독일 민족부흥 정책은 겉으로는 얼마나 근사하냐? 나치 정권으로 위장한 독재가 전 국민과 젊은이들을 현혹할 수밖에. 그 가치는 각자가 판단해야겠지. 그게 안 되면 나중에 역사가 판단해줄 거다."

"그래도 미루 형이나 아버지는 아셨잖아요."

"네 아버지는 선각자였고 진정한 인간주의 화가셨어. 그래서 나치의 제거 대상이었던 거고. 나는 지긋지긋한 일제 치하를 경험했기에 제국주의의 실상을 알고 있었던 거다. 하지만 너도 늦지 않았어."

한스가 갑자기 일어서서 이자르강변을 내려다보았다.

"미루 형, 저는 절망하고 있어요."

"절망하기엔 아직 젊어."

"아니, 안네 말이에요."

"생뚱맞게 갑자기? 내일 이야기하기로 했잖아."

"제발요. 안네는 제가 좋아하는 것만큼 저를 좋아하지 않는 것 같아요."

"오, 한스. 그건 아니야."

"그걸 형이 어떻게 알아요?"

미루는 또 착잡해졌다. 내일로 미루어도 선뜻 꺼내기 어려운 이 심정은 마찬가지일 거다. 오히려 지금이 나을지도 모르지.

"한스, 내일 네가 찾아갈 곳이 있어."

"네? 거기가 어딘데요?"

"거기… 안네가 있는 곳."
"네?"

한스는 머리 한 귀퉁이 핏줄이 툭 끊어지는 것 같았다. 말없이 머리
털을 움켜쥐었다. 이상한 느낌에 사로잡혀 소리쳤다.

"그곳이 어디예요?"
"한스, 너, 너무 피곤한 것 같다. 오늘은 모든 것 다 잊고 자는 거야."

미루는 한스 방의 불을 꺼주고 자기 방으로 돌아왔다. 잠을 자면서
도 한스 걱정, 이사 걱정에 머릿속이 복잡하다. 자일러 교수가 없는 미
망인의 집에 이대로 머물 수는 없다. 미아 집으로 가야 할까? 아니, 그
럴 수는 없다. 미루는 거칠게 머리를 흔들었다. 평생 제 나라를 떠나 떠
돌이로 사는 거지가 찬밥 더운밥 가릴 게 뭐람. 옆방에서는 가끔씩 한
스의 흐느낌이 들려온다. 그는 무슨 무서운 꿈을 꾸는 걸까. 미루는 어
느새 코를 골기 시작했다.

'내일 일은 내일 생각하자. 태양은 내일도 떠오르니까.'

20
뜨거운 우정

"미루 형, 오늘 저를 도와줄 수 있어요?"
"네가 원한다면 그러마."

미루는 이미 한스의 부탁을 기다리고 있었는지도 모른다. 운전 중에
도 계속 주문인 양 읊었다. 한스가 제발 너무 큰 충격을 받지 않게 해달
라고.

미루와 한스가 다카우 수용소에 도착한 시각은 늦은 아침이었다. 눈
이라도 뿌릴 듯 음산한 날씨가 둘의 마음을 무겁게 짓눌렀다. 미루는
입구에서 면회신청서를 작성하고 기다렸다.

한스는 불안했지만, 이곳에 온 것은 분명 뭔가 오해일 거라고 되뇌

었다. 차가운 바람이 온몸을 사정없이 내리쳤다. 이런 날에도 줄 서서 지나가는 죄수들은 얇은 줄무늬 파자마 일색이었다. 가슴이 철렁 내려앉는다. 입구에 선 경호관은 미루를 힐끗거렸다. 미루가 중얼거렸다.

"이놈의 수용소는 동양인도 구경거린가?"

경호관이 못 들은 척 말했다.

"저 북쪽 위에 있는 문으로 가세요. 거기서 기다리면 안내가 있을 거요."

둘은 계속 안으로 들어갔다. 검문소의 철 대문 위쪽에 쇳물로 녹인 글자가 보였다. 모든 죄수가 다 이곳을 지나가야만 한다. 미루는 가만히 소리 내어 읽었다.

"아르바이트 마흐트 프라이(ARBEIT MACHT FREI, 노동이 그대를 자유롭게 하리라)."

미루는 빛 좋은 개살구라고 중얼거렸다. 그 위장에 치를 떨면서 말이다. 드디어 검문소가 나왔다. 한스는 입구에서 받은 쪽지를 내밀었다. 간수가 넓적하고 낡은 명단표를 들고나오더니 한스를 위아래로 훑어보며 물었다.

"누구를 찾아왔소?"
"안네 마이어요."

그는 한참 동안 명단에서 안네를 찾더니 물었다.

"흠, 관계는?"

한스가 주춤했다. 간수는 능구렁이 뱀처럼 혀를 내밀어 입술을 핥았다.

"관계하는 횟수 같은 거 말고 시스터, 프렌드, 피앙세 이런 관계 말이지."

한스의 얼굴에 불꽃이 번쩍이고, 미루의 관자놀이가 실룩거린다. 미루가 헛기침하며 한스를 가리켰다.

"내 친구의 친구요."
"소유격이 너무 많잖아."

간수 말에 한스가 나섰다.

"내 프렌드요."
"진즉 그렇게 대답하셔야지. 그런데 프렌드를 좀 가려 사귀지 그랬
소?"
"뭐라고요?"

미루가 책상 밑으로 한스의 손을 꾹 눌러 제지시켰다. 간수가 의기
양양하게 소리쳤다.

"저기 저~ 연기 나는 곳 보이시오?"

둘은 그곳을 바라보았다. 수용소 굴뚝에서 시커먼 연기가 한창 쏟아
져 나오고 있었다.

"안네 마이어는 이제 이곳에 없소."

한스가 눈이 튀어나올 듯 간청했다.

"그러면 그렇지. 안네를 수용소에서 내보낸 거죠? 뭔가가 잘못되었
던 거죠?"

간수의 뭉툭한 손가락이 시커먼 연기를 가리켰다.

"아마 네 여자는 지금쯤 저기서 최상품의 비누로 둔갑하고 있을 거야. 그러니 더는 이곳에 없지."
"아악!"

한스의 비명과 함께 성난 주먹이 간수를 내리쳤다. 간수가 퍽 쓰러지고 어디선가 호각 소리가 울렸다. 한스는 으르렁거리며 성난 수사자처럼 포효했다. 곧 달려온 경찰 둘이 울부짖는 한스를 제압했다. 그에게 수갑을 채워 뮌헨 북부 지서로 이동했다. 눈물범벅이 된 한스는 취조관 앞에 앉혀졌다. 취조관이 이름과 주소를 확인한 후 물었다.

"한스, 왜 당신이 여기 왔는지 아시오?"
"수용소 간수 녀석이 먼저 나를 모욕했소!"
"왜 모욕했을까?"

한스가 핏대를 세우며 책상을 쳤다.

"내가 그걸 어찌 압니까?"
"이 뻔뻔스러운 친구 같으니. 저기 사진을 봐. 우리 총통 각하 보여?"

한스는 고개를 들었다. 그 사진 앞에서 수없이 "하일, 히틀러!"를 외쳤던 게 까마득한 옛날처럼 느껴졌다. 그런 것들이 이 순간 무슨 의미가 있단 말인가.

안네의 절망한 얼굴이 어른거린다. 에센 할머니를 신고했다고 했을 때, 그녀는 온 세상을 잃어버린 듯 허둥댔다. 한스는 머리를 흔들며 모든 걸 잊어야 한다고 중얼거렸다. 자신의 비열한 과오부터 안네의 일까지 모든 것을. 취조관이 말한다.

"친구를 가려서 사귀지 그랬나? 유태인은 우리 민족의 적이오. 영원히 추방해야 한다고 위대한 총통께서 말씀하셨지."

"유태인의 피는 검은 거요? 왜 그들을 못 잡아먹어 그리 안달이요? 유태인이면 어떻고, 아리아인이면 어떻단 말이오?"

한스가 소리쳤다. 확실한 건 한 가지, '사랑하려 했더니 이제 그녀는 없다.' 뻥 뚫린 허파 구멍 사이로 사정없이 바람이 새어든다. '유태인'이라는 단어가 한스의 귓가에서 계속 윙윙거린다. 한스는 몸부림치며 흐느꼈다. 취조관이 전화기를 놓으며 말했다.

"지금 병원에서 연락이 왔소. 당신은 간수에게 전치 2주의 상처를 입혔소. 다카우 수용소 간수가 얼마나 끗발이 센지 아직 모르셨군, 쯧쯧."

미루가 참지 못하고 다가왔다.

"이 친구는 죄가 없어요. 간수가 먼저 심한 모욕을 했다고요."
"증거가 필요 없을 정도로 일이 빨리 처리되었소. 이유 여하를 막론하고 먼저 폭력을 가한 사람이 범법자인 거 모르시나? 더구나 이 자는 유겐트 대원이면서도 히틀러 총통 얼굴에 똥칠하고 다닌 모독죄와 유태인을 애인으로 둔 사상범이라는 이중 범죄를 저질렀으니 죄과를 면하기 어렵겠소."

경찰 두 명이 한스를 옆구리에 끼고 옥사로 갔다. 미루는 한스가 귀퉁이로 사라질 때까지 한 발자국도 움직일 수 없었다. 주머니에 든 안네의 편지를 만지작거리기만 할 뿐 차마 한스에게 그것을 전달할 수가 없다. 지난번 다카오 수용소로 안네를 면회하러 갔을 때 한스에게 전해 달라던 작은 쪽지였다. 안네의 파리한 얼굴이 떠오른다. 한스의 울부짖는 소리는 계속 귓전을 울린다.

미루는 복잡한 심경으로 집에 돌아왔다. 자세한 상황을 열거할 수 없어 자일러 여사에게 대강 상황을 알려주었다. 상심한 여사는 한스를 면회할 기력도, 더 물어볼 의욕도 잃은 채 시름시름 아프기 시작했다.

그로부터 한 달 후 한스가 기적적으로 집에 돌아왔다. 그 앞으로 징집영장이 나왔기 때문이다. 2차 세계대전을 일으킨 독일은 병력이 부족했고, 이런 때 젊은이가 감방에서 허송세월하느니 국익을 위해 전쟁에 나가는 게 낫다는 정부 방침이었다.

유겐트 탈영병이나 다름없는 한스에게 군대생활은 차라리 좋은 방패막이 될지도 모른다. 그렇게 한스는 대독일 제국군으로 끌려갔다.

입대하는 날 미루가 한스의 주머니에 안네의 쪽지편지를 넣어줬다. 한스는 러시아전투를 앞둔 러시아행 대륙 열차에 앉아 편지를 읽었다. 급히 갈겨쓴 것처럼 보이는 반쪽짜리 종이였다.

"보고 싶은 한스에게

나는 너를 원망하지 않아. 넌 에센 아파트의 할머니가 우리 외할머니인 줄 몰랐을 테니까. 결국 우리 엄마랑 나도 다카우로 끌려왔어. 어차피 유태인은 잡힐 운명이니 너무 미안해하지 마. 너에게 차마 밝힐 수가 없었어. 네가 절망하는 모습을 보고 싶지 않았거든. 나는 너를 아주 많이 사랑했나 봐. 유겐트도, 종족 간의 다름도 우리를 갈라놓을 수는 없어. 단지 죽음만이 이렇게 우리를 갈라놓을 수 있는 거지. 한스, 내가 유태인이어서 미안해. 만일 우리가 다시 태어난다면, 같은 종족으로 만나 끝없이 사랑하자.

— 너의 사랑, 안네"

한스는 굵은 눈물과 함께 러시아행 열차의 차창을 본다. 그곳에 삭막한 광야를 등지고 운명에 진 낯선 남자가 비친다. 희망과 기쁨이 넘치던 유겐트 청년은 이제 그곳에 없다. '안네, 정말 미안해. 널 많이 사랑했나 봐.'

러시아전투의 다급함과 절박함으로 한스는 얼마간 안네를 잊을 수 있었다. 가끔 안네의 마지막 말이 생각났다. 그래, 같은 종족으로 태어나 다시 사랑할 수만 있다면!

한편 미루는 가끔 한스가 건네준 요코하마 청년의 선물을 꺼내 본다. 철주 선배의 혼이 담긴 태극기다. 하얀 바닥에 쓰인 글씨, '언어가 삶이다'를 볼 때마다 가슴이 벅차올라 터질 것만 같다. 그때의 한글독립군들을 다시 만나 '대한독립만세'를 외치는 그날이 오기나 할지.

요즘은 독일 교과서에 실린 글들을 모아 그리운 고국 이야기를 집필하는 중이다. 이자르강을 내려다보며 원고를 펼치면 어느새 압록강이 보인다. 그리움에 가슴이 녹아내린다. 명치끝까지 잔잔한 아픔이 난도질한다.

'아, 그리운 내 조국, 내 가족.'

노크 소리가 나고 우편배달부가 왔다. 한스가 러시아원정 중 다리 부상으로 귀향한다는 놀랍고도 반가운 편지다. 미루는 벌써 그를 다시 만날 기쁨으로 충만하다. 함께 한글 공부를 하자고 해야겠다. 집필 작품들 속 산수화 같은 맑은 글을 읽으면 치유가 훨씬 빨라질 거다.

덩치 큰 한스의 순박한 모습이 벌써 눈에 선하다. 전화벨이 울린다. 미아가 한스의 귀환을 축하하는 파티를 열겠다고 한다. 미아가 말한다.

"미루 선생님, 기쁜 소식이 또 있어요."
"말해 봐요."
"일본영사관에서 게슈타포 본부로 소식이 왔대요. 미나토 상이 일본으로 송환되었다고 하네요."

미루는 가만히 눈을 감는다. 평생 그를 조이던 팽팽한 화살 시위가 스르르 풀어지고, 온몸의 촉수가 내려앉는다. 이자르강을 건너 어느새 그를 품어주던 압록강의 윤슬(햇빛이나 달빛에 비쳐 반짝이는 잔물결)이 찰랑인다. 그 위로 비상하는 갈매기의 힘찬 퍼덕임이 다가온다.

내일 당장 이자르강변 보리수나무 아래를 맘껏 달리고 싶다. 미아와 함께 한스의 휠체어를 밀며 오랫동안 밀린 이야기를 맘껏 쏟아 내야겠다.

마지막 일기

　　하얀 눈이 발목을 덮어 가슴 설레는 겨울날, 드디어 소설이 끝났다. 창밖에는 목화송이 같은 함박눈이 치열하게 살다간 두 분의 혼을 위로하는 듯 소복소복 쌓인다. 흰 솜사탕을 하염없이 내려주는 하늘을 향해 물어본다.

　　"두 분 할아버지, 하늘나라에서는 어떻게 소통하시나요? 한국어로 아니면 독일어로?"

　　다락방에서 맨 처음 본 소년 한스의 히틀러유겐트 사진에 배신감이 치솟았었다. 반나치 영웅 할아버지가 유겐트 출신이라니 말도 안 된다. 나를 속인 사회와 부모님을 원망했다. 그러다 소년 한스의 일기를 발견하고 흥분에 휩싸여 그것을 단숨에 읽어나갔다.

청년 한스는 제대 후 반나치범으로 활동하다 다카우 수용소로 끌려갔다. 처형을 앞둔 1주 전, 2차 세계대전이 끝나고 독일은 패망했다. 연합국 지도자인 미국은 다카우 수용소에 수감된 정치사상범들도 석방했다. 한스는 기적적으로 살아 집에 돌아왔다. 미루는 몸이 만신창이가 된 한스를 헌신적으로 돌보며 살았다.

미루는 꿈에도 그리던 고국에 발을 디디지 못한 채 독일에서 지병으로 눈을 감았다. 한국전이 한창일 때였다. 미루를 사랑한 여인 미아와 독일 친구들은 그의 죽음 앞에 애국가를 부르고 관에 태극기를 덮어 위로했다. 그는 뮌헨 교외의 한적한 공동묘지에 묻혔다. 그가 세상을 떠난 지 2년 후 한스도 세상을 떠났다.

이제 다카우 수용소 뒤편 '유령의 숲'을 떠도는 한스 할아버지 유령의 눈을 감겨드릴 수 있을 것 같다. 할아버지는 미루의 30년 뮌헨 생활이 담긴 원고를 한국에 전달하고 싶어 하셨다. 내 증조할머니인 자일러 여사가 미루 선생의 원고 뭉치와 태극기를 한국에 전달했다.

여기 한스의 마지막 일기 중 일부를 공개한다.

"미루 형을 기억하며

나의 멘토요, 영웅이었던 미루 형
오늘 식장에서 당신의 관을 태극기로 덮어
그것은 형이 평생 애지중지하던 자존심

동양의 현인이며 자유로운 영혼
천재 언어학자이며 따뜻한 위로자
광기 어린 히틀러 시대의 우울증 환자들을
따뜻하고 청순한 글로 치유해준 언어 천사

비록 당신과 나, 시대를 잘못 만났어도
우리의 우정은 동서양과 시간의 강을 건너
영원이라는 바다로 끝없이 이어질 테지

지금도 식탁 위의 한국어가 들려와
바삭바삭~ 쫄깃쫄깃~
엄마랑 함께 만들어 먹던 뢰스티
형이 있어 추억도 있었는데

안네가 한 덩이 비누로 사라진

다카우 뜰과 작업장을 지나
하얀 시멘트 가스실 앞에서 오열해

문 두드리는 마왕의 소리
나를 데리러 왔나 봐
먼저 간 형이 통쾌한 한글 글밥을 들고
이승으로 날 맞으러 올 테니 두렵지 않지.

                    – 형을 기억하면 항상 즐거워지는 동생 한스"

"2022년 새해 벽두에 독일 뮌헨 남쪽 알프스 마을 가르미슈파르텐키르헨에서
세계인류학회와 환경학회의 공동학술대회가 개최됨.
지구온난화의 심각성이 주 의제였으며,
추크스피체 빙하의 해빙으로 발견된 냉동인간 이야기가
제일 큰 화제로 떠오름. 학회가 끝날 무렵 종이신문과
인터넷신문이 경쟁하듯 그 사건을 다루고 있음.
시체의 두개골이 둔기로 파손된 것으로 보아 타살로 추정됨.
양복 안주머니에 새겨진 이름을 확인한 결과 희생자는 '미나토'라는
일본인 남성으로 밝혀짐. 현지 경찰이 본 사건을 일본대사관에 통보함."

- 2022년 1월 14일, 《노이에스 도이칠란트 Neuse Deutschland》, 3면 사회기사 중